吟诗答对启蒙

唐人五言律绝200首

日日吟诵 天天运用

◎ 王有卫 选注

上海大学出版社

图书在版编目(CIP)数据

吟诗答对启蒙. 唐人五言律绝200首 / 王有卫选注. —上海：上海大学出版社，2018.1
ISBN 978-7-5671-3056-2

Ⅰ.①吟… Ⅱ.①王… Ⅲ.①唐诗—五言律诗—启蒙读物 Ⅳ.①I207.21

中国版本图书馆CIP数据核字(2017)第317270号

责任编辑 陈　强
封面设计 缪炎栩
技术编辑 章　斐

吟诗答对启蒙·唐人五言律绝200首
王有卫　选注
上海大学出版社出版发行
(上海市上大路99号　邮政编码200444)
(http://www.press.shu.edu.cn　发行热线 021-66135112)
出版人　戴骏豪

*

南京展望文化发展有限公司排版
叶大印务发展有限公司印刷　各地新华书店经销
开本 890 mm×1240 mm　1/32　印张10　字数231千
2018年1月第1版　2018年1月第1次印刷
ISBN 978-7-5671-3056-2/I·477　定价 32.00元

前　言

　　中国是诗歌大国，也是世界上独一无二的对联大国。成就诗歌大国和对联大国有其内在因素，这就是汉语的音乐美。汉语的每个音节都同时含有元音和声调这两个乐音元素，它们是汉语音乐美的基因。

　　中国诗歌的节奏韵律，强化了汉语的音乐美。因此古人喜爱用诗歌表情达意，状物抒怀。近几年来，"中国诗词大会""中国成语大会""诗书中华"等节目热播，让国人中断了近百年的喜爱诗词和传统文化的天性迅速回归，唤醒了汉语音乐美那沉睡的基因，这让我们，特别是儿童和青少年兴奋不已。可喜可贺。

　　听觉的汉语用视觉的汉字来转换，一个汉字转换一个汉语音节，这就把汉语的乐音元素带到了汉字里面，让汉字也富有乐音内涵。汉字的整齐划一，又把诗歌的整齐美展现在读者面前。因此，在中国出现了特有的二言诗、三言诗、四言诗、五言诗、七言诗，等等。在语文启蒙教学和饮酒娱乐等方面还出现了世界上绝无仅有的一言对、二言对、三言对、四言对等的对课教学形式以及娱乐方式。听觉美和视觉美的圆满融合，给中华民族带来了无限的快乐。

　　人们喜爱诗歌，还将诗歌作为教材，教授儿童。孔子认为：

"不学诗,无以言。"从周秦到明清,从西周的《史籀篇》到宋代的《三字经》《百家姓》,历朝历代儿童启蒙教材,无一不是韵文。韵文成了儿童快速识读汉字的"急就章",养成了儿童热爱读书的良好习惯。

儿童以韵文快速识读汉字后,需要巩固。为此,古人还把中国独有的对偶文学样式引进到语文启蒙教育中来,形成了历久不衰的对课教育。

吟诵韵文达到快速识读汉字的目的,而接下来的对课训练既巩固了汉字识读,又扩展了儿童的视野,丰富了儿童的词汇,锤炼了儿童遣词造句的能力,获得了极大成功,形成了中国特色的语文启蒙教育。(详见附录一《重构中国特色的语文启蒙教育》)

然而,近代以来,当国门被西方列强用坚船利炮打破之后,我们的民族自信心、民族文化的自信心产生了动摇。一切向西方看齐,一度甚至提出了废除汉字的错误主张。语文启蒙教育,也向西方拼音文字的语文启蒙教育看齐,盲目实施所谓"新学"。韵文识读汉字不见了,对课教育消失了。课本内容太简单,容量严重不足。特别是在"汉字是落后文字"的错误观念影响下,课本容量严重不足的问题至今存在,以致我国现行的小学一至四年级语文课本(本世纪初版本)总容量仍然只有西方拼音文字国家同类课本总容量的六分之一,令人痛心。

这一令人心痛的事实是从什么时候开始的?为什么会出现这种令人心痛的事?我们该怎么办?终身从事语文教育的笔者,虽然退休了,也责无旁贷,决心在有生之年给出一个自己的回答和解决方案。

具有中国特色的语文启蒙教育是符合汉语汉字特点的成功教

育,今天我们不能丢,也不应该丢,而要继续坚持,继续大力弘扬。我们相信,只要坚持走具有中国特色的语文启蒙教育之路,我们的语文启蒙教育必将走在世界语文启蒙教育的前列。这就是我们推出"吟诗答对启蒙"丛书的初衷。

2014年教师节前夕,习近平主席在考察北师大时,严肃地指出,我们的语文教材一定要加上中国传统文化中的古诗文,教材去中国化是很悲哀的。邯郸学步,他乡的步姿没有学到,却又忘了故土的步姿,最后只能爬着回家,能不悲哀吗?

笔者在"四个自信",特别是文化自信的思想指导下,将传统的语文启蒙教育中的读诗、韵文识字和对对子三者有机结合,编写了本套丛书,以供儿童语文启蒙教育之用。其中《三言对韵》《四言对韵》,主要是选择中国历代流传下来的健康成语、习语等,通过对联形式将它们串联起来,编成韵文,以便儿童诵读。背诵了它们就等于在脑海里建立了"金砖""碧瓦"词汇库,也为三言对、四言对教学提供了范例。《唐人五言律绝200首》则是为五言对提供范例。我们不要小看了对偶、对仗的学习,它不仅是中国特有的文学样式,更体现了中华民族特有的思想智慧——辩证统一思想。儿童从小树立辩证统一思想,将会受益终身。

至于一言对和二言对,因其数量太大,无法形成适合中小学生学习容量的读本。为弥补这一缺失,我们近期准备在网上开展一言对至三言对的对课教学(吟诗答对网:http://ysddui.com),坚持隔日一对,然后由笔者主持评点、反馈。本丛书便成为我们网上对课教学的基础教材。

对于本丛书的使用,我们建议先吟诵,后答对;或边吟诵,边答对。鉴于儿童的个体差异,吟诵可从五六岁幼儿开始,也可从七八岁开始。每日吟诵的量不必太多。三言、四言词语对韵,每日吟诵四对八个,唐诗每日一首。幼儿诵读,不必考虑幼儿是否懂得,只让其诵读即可。(详见附录一《重构中国特色的语文启蒙教育》)答对最好从小学三年级开始。网上答对我们也欢迎大中学生参加。我们提倡家长参与对课学习,以便在家庭中形成"竞对"氛围,激发儿童答对的兴趣。一旦"竞对"氛围形成,就会带有游戏竞技性质,更能激发儿童答对热情。"竞对"往往能够碰撞出璀璨的火花。林则徐的"海到无边天作岸,山登绝顶我为峰"的豪言壮志就是在老师的对课中形成的。

  同学们,只要日日垒金砖,不愁年年覆碧瓦。我们也祝愿同学们在实现中华民族伟大复兴的中国梦中能够多添金砖、多加碧瓦。

王有卫
2017年4月于合肥自教斋

目 录

凡例 ·· 1

上平声 ·· 1

一 东

张说《九日进茱萸山诗五首》
（之三）·························· 1
高适《封丘作》 ················ 3
雍裕之《剪彩花》············ 4
司空图《秦关》·················· 5
翁承赞《题壶山》············ 6
徐锴《秋词》 ···················· 7
崔道融《寄人二首》（之一）
··· 9
王勃《冬郊行望》············ 10
王维《鸟鸣涧》·················· 11
窦巩《游仙词》·················· 12
高蟾《渔家》······················ 13

二 冬

司空图《即事九首》（之七）
··· 14
李德裕《题罗浮石》········ 15
唐彦谦《留别四首》（之一）
··· 16
吴融《远山》······················ 17

三 江

韦处厚《宿云亭》············ 18

四 支

李白《答友人赠乌纱帽》
··· 19
杜甫《答郑十七郎一绝》
··· 20
司空图《闲步》·················· 21

1

司空图《偶书五首》(之二)
　　　　　　　　　　……… 22
司空图《即事九首》(之四)
　　　　　　　　　　……… 23
卢照邻《曲池荷》……… 24
岑参《题三会寺苍颉造字台》
　　　　　　　　　　……… 25
杜甫《复愁十二首》(之十)
　　　　　　　　　　……… 26
白居易《池西亭》……… 27
徐凝《春寒》………… 28
殷尧藩《张飞庙》…… 29

五　微

王绩《建德破后入长安咏
　　秋蓬示辛学士》…… 30
杜甫《复愁十二首》(之二)
　　　　　　　　　　……… 31
杜甫《复愁十二首》(之四)
　　　　　　　　　　……… 32
裴迪《华子冈》……… 33
皇甫冉《送裴陟归常州》
　　　　　　　　　　……… 35
钱起《题崔逸人山亭》… 36
卢纶《赠李果毅》…… 37
裴度《喜遇刘二十八》… 38
杨衡《边思》………… 39

六　鱼

李世民《赋得临池柳》
　　　　　　　　　　……… 40
高适《闲居》………… 41
张祜《将离岳州留献徐员外》
　　　　　　　　　　……… 42
杜甫《复愁十二首》(之十二)
　　　　　　　　　　……… 43
马戴《秋思二首》(之一)
　　　　　　　　　　……… 44
高蟾《即事》………… 45
路德延《芭蕉》……… 46

七　虞

温庭筠《题贺知章故居
　　叠韵作》………… 47
范夜《失题》………… 49
司空图《偶书五首》(之一)
　　　　　　　　　　……… 50
杜甫《八阵图》……… 51
刘长卿《平蕃曲三首》(之二)
　　　　　　　　　　……… 52
李益《金吾子》……… 53
白居易《问刘十九》… 54

八　齐

杜甫《绝句六首》(之一)
　　　　　　　　　　……… 55

杜甫《复愁十二首》(之一)
………………………… 56
杜甫《绝句三首》(之二)
………………………… 57
杨凝《花枕》………………… 58
白居易《闺怨词三首》(之一)
………………………… 59
高骈《送春》………………… 60
司空图《春山》……………… 61

九 佳
张继《人日代客子是日立春》
………………………… 62
雍裕之《秋蛩》……………… 64

十 灰
李福业《岭外守岁》………… 65
章玄同《流所赠张锡》……… 67
张九龄《答太常靳博士
见赠一绝》…………… 68
白居易《山中戏问韦侍御》
………………………… 69
徐凝《酬相公再游云门寺》
………………………… 70
杜牧《龙丘途中二首》(之一)
………………………… 72
姚合《古碑》………………… 73
司空图《即事九首》(之九)
………………………… 74

司空图《渡江》……………… 75
吕洞宾《赐齐州李希遇诗》
………………………… 76
顾况《梅湾》………………… 77
王涯《春闺思》……………… 78

十一 真
王勃《赠李十四四首》(之三)
………………………… 79
刘长卿《逢雪宿芙蓉山》
………………………… 80
李白《紫藤树》……………… 81
于季子《咏汉高祖》………… 82
于季子《咏项羽》…………… 84
白居易《勤政楼西老柳》
………………………… 86
刘禹锡《和游房公旧竹亭
闻琴绝句》…………… 87
陆龟蒙《对酒》……………… 88
司空图《漫题三首》(之二)
………………………… 89
唐末僧《题户诗》…………… 90
东方虬《昭君怨三首》(之一)
………………………… 91

十二 文
王绩《山夜调琴》…………… 93
宋之问《在荆州重赴岭南》

……………………………… 94
李端《幽居作》……… 95
李绅《和晋公三首》（之二）
……………………………… 96
李商隐《微雨》……… 97
唐彦谦《留别四首》（之四）
……………………………… 98
李益《乞宽禅师瘦山罍》
……………………………… 100
白居易《酬裴相公见寄二绝》
（之二）……………… 101
司空图《退居漫题七首》
（之五）……………… 102

十三元

刘长卿《送张十八归桐庐》
……………………………… 103
杜甫《绝句六首》（之三）
……………………………… 104
司空图《退居漫题七首》
（之四）……………… 105
皇甫冉《同诸公有怀绝句》
……………………………… 106

下平声

一 先

李白《秋浦歌十七首》
（之十四）…………… 123

李白《流夜郎题葵叶》…… 107
陆龟蒙《离骚》………… 108
杜荀鹤《钓叟》………… 109

十四寒

吕太一《咏院中丛竹》
……………………………… 110
陆禹臣《赠吴生》……… 111
骆宾王《在军登城楼》
……………………………… 112
卢僎《题殿前桂叶》…… 113
祖咏《终南望馀雪》…… 114
白居易《闺怨词三首》
（之三）……………… 115

十五删

司空图《偶书五首》（之五）
……………………………… 116
司空图《乱后》………… 117
许鼎《登岭望》………… 119
李白《独坐敬亭山》…… 120
张说《江中遇客》……… 121
温庭筠《地肺山春日》… 122

……………………………… 123
张祜《题孟处士宅》…… 125
朱庆馀《杭州送萧宝校书》
……………………………… 126

李贺《马诗二十三首》
（之一）……………… 127
杜牧《盆池》…………… 128
司空图《偶题》………… 129
灵一《送朱放》………… 130
王绩《戏题卜铺壁》…… 131
张祜《何满子》………… 132
雍裕之《早蝉》………… 133

二 萧

张文收《大酺乐》……… 134
李白《陪从祖济南太守泛
鹊山湖三首》（之一）
……………………… 135
戴叔伦《赠张挥使》…… 137
司空图《杂题九首》（之六）
……………………… 139
李中《途中柳》………… 140
司空图《乱后三首》（之三）
……………………… 141
郑愔《咏黄莺儿》……… 142

三 肴

司空图《村西杏花二首》
（之二）……………… 143

四 豪

卢照邻《游昌化山精舍》
……………………… 144

刘方平《长信宫》……… 146
司空图《漫题三首》（之三）
……………………… 147
骆宾王《挑灯杖》……… 148

五 歌

张说《岳州守岁二首》（之一）
……………………… 149
王维《别辋川别业》…… 150
戴叔伦《泊湘口》……… 151
司空图《早朝》………… 152
齐己《放鹭鸶》………… 153
王勃《别人四首》（之二）
……………………… 154
孟浩然《张郎中梅园中》
……………………… 155
白居易《雨中题衰柳》… 156

六 麻

李峤《风》……………… 157
杜甫《绝句六首》（之六）
……………………… 158
韩愈《嘲少年》………… 159
陆龟蒙《偶作》………… 160
钱珝《江行无题一百首》
（之四十三）………… 161
皇甫冉《秋怨》………… 162
白居易《吟元郎中白须诗兼饮

雪水茶因题壁上》…… 163
李商隐《忆梅》…………… 164

七 阳

李义《元日恩赐柏叶应制》
　……………………………… 165
李白《浣纱石上女》……… 166
李白《秋浦歌十七首》
　（之十一）……………… 167
杜甫《绝句二首》（之一）
　……………………………… 168
王昌龄《题僧房》………… 169
佚名《绝句》……………… 170
韩愈《竹溪》……………… 171
白居易《尝新酒忆晦叔二首》
　（之一）………………… 172
杨凌《送客之蜀》………… 173
王绩《咏巫山》…………… 174

八 庚

沈如筠《闺怨二首》（之一）
　……………………………… 175
白居易《遗爱寺》………… 176
刘皂《边城柳》…………… 177
佚名《袁少年诗》………… 178
韦承庆《南行别弟》……… 179
杜甫《复愁十二首》（之九）
　……………………………… 180

张文恭《佳人照镜》……… 181
卢殷《遇边使》…………… 182

九 青

王勃《早春野望》………… 183
李白《夜下征虏亭》……… 184
司空图《有感》…………… 185
司空图《退居漫题七首》
　（之一）………………… 186

十 蒸

李荣《咏兴善寺佛殿灾》
　……………………………… 187
白居易《闺怨词三首》（之二）
　……………………………… 189
雍裕之《赠苦行僧》……… 190
刘商《古意》……………… 191
司空图《乱前上卢相》…… 192

十一 尤

骆宾王《玩初月》………… 193
严维《送人之金华》……… 194
王之涣《登鹳雀楼》……… 195
李白《田园言怀》………… 197
杜甫《即事》……………… 199
殷尧藩《关中伤乱后》…… 200
韦处厚《隐月岫》………… 201
王涯《陇上行》…………… 202
陆龟蒙《回文》…………… 203

任翻《怨》……………… 204
贾岛《题诗后》…………… 205

十二侵

王维《红牡丹》…………… 206
顾况《梦后吟》…………… 207
郎士元《山中即事》……… 208
雍裕之《四气》…………… 209
杜荀鹤《感寓》…………… 210
司空图《即事九首》(之二)
……………………………… 211
梁琼《远意》……………… 212
孟浩然《送朱大入秦》…… 213
荆叔《题慈恩塔》………… 214

十三覃

张说《广州江中作》……… 215
殷尧藩《忆家二首》(之二)
……………………………… 216

十四盐

杜甫《绝句六首》(之五)
……………………………… 217
司空图《偶书五首》(之三)
……………………………… 218

十五咸

唐彦谦《留别四首》(之二)
……………………………… 219

附录一：重构中国特色的语文启蒙教育 …………… 220
附录二：五言律绝常识 ……………………………… 240
附录三：律诗韵目字表 ……………………………… 278

诗人小志及篇目索引 ………………………………… 284

后记 …………………………………………………… 300

凡 例

1. 本书所选诗篇，按诗韵的韵目分类，同一韵目的编在一起，并按《平水韵》中的平声韵目顺序排列。同一韵目的诗篇，其首联和尾联都形成对仗的优先。

2. 诗句以汉语拼音字母注音。汉字只注本音，不考虑阅读中的变调。属于仄声字的，用粗体表示；古入声字，今读阴平或阳平的，同时在字下标注着重号（圆点），仍然视其为仄声字；个别古上声字、去声字，今读阴平或阳平的，也同样用粗体表示，仍然视其为仄声字，并在注释中加按语具体说明。

3. 每首诗下有〔注〕和〔释〕，〔注〕对诗句中出现的疑难字词和文化典故加以注解，并列出简要书证；〔释〕则对全诗的内容或艺术特点予以简评，或对诗中出现的平仄、对仗、韵律等格律现象加以解析释疑。

4. 对仗句，上句用"∨"表示，下句用"∧"表示。

5. 书后附"诗人小志及篇目索引"，以诗人为纲，列出本书所收录的所有诗歌篇目。索引以诗人姓名的汉语拼音为序，同一诗人的诗篇，以在书中出现先后为序。〔诗人小志〕列于同一作者篇目的最后。

上平声

一　东

九日进茱萸山诗五首① (之三)

张　说

菊酒携山客②,
茱囊系牧童③。
路疑随大隗④,
心似问鸿蒙⑤。

〔注〕① **九日**：指农历九月九日重阳节。《艺文类聚》卷四引南朝·梁·吴均《续齐谐记》："今世人每至九日,登山饮菊酒。"**茱萸山**：位于今河南省焦作市云台山景区。**茱萸**,植物名。香气辛烈,可入药。古俗农历九月九日重阳节,佩茱萸能祛邪辟恶。《西京杂记》卷三："九月九日,佩茱萸,食蓬饵,饮菊华酒,令人长寿。"唐·王维《九月九日忆山东兄弟》诗："遥知兄弟登高处,遍插茱萸少一人。"② **菊酒**：即菊花酒。**山客**：隐士。③ **茱囊**：装有茱萸的佩囊。古俗重阳节时取茱萸缝袋盛之,佩系身上,传说能辟邪。④ **大隗**：神名。《庄子·徐无鬼》："黄帝将见大隗乎具茨之山。"⑤ **鸿蒙**：宇宙形成前的混沌状态。《庄子·在宥》："云将东游,过

扶摇之枝,而适遭鸿蒙。"

〔释〕首联两句为倒装句。菊酒携山客,即"山客携菊酒";茱囊系牧童,即"牧童系茱囊"。在看到山客携酒、牧童佩囊的和乐景象之后,诗人接着抒发自己的感受:这个地方是可以追随神人、圣人的好地方,人心和善,如同鸿蒙时代那样淳朴自然。末句中的"鸿"是形容词,表示宏大,与第三句"大"相对。

封丘作①

高 适

州县才难适②,
云山道欲穷③。
揣摩惭黠吏④,
栖隐谢愚公⑤。

〔注〕① **封丘**:唐代县名,在今河南省封丘县。高适曾任封丘尉,此诗可能是诗人任封丘尉时所作。② **州县**:代指任州县的官职。**才难适**:才能难于胜任。③ **云山**:本指云和山。这里指远离尘世的地方,隐者或出家人的居处。唐·元稹《修龟山鱼池示众僧》诗:"云山莫厌看经坐,便是浮生得道时。"④ **揣摩**:推测、估量(上司的旨意)。**黠吏**:奸猾之吏。唐·杜甫《遣遇》诗:"奈何黠吏徒,渔夺成逋逃。"⑤ **栖隐**:隐居。唐·王维《丁寓田家有赠》诗:"君心尚栖隐,久欲傍路归。"**愚公**:这里泛指隐者。唐·杜甫《赠比部萧郎中十兄》诗:"中散山阳锻,愚公野谷村。"

〔释〕从诗人的经历看,诗人不是不愿出仕,可能嫌县尉官太小,不能实现其更大的抱负。

剪彩花

雍裕之

敢竞桃李色①,
自呈刀尺功②。
蝶犹迷剪翠③,
人岂辨裁红。

〔注〕① **桃李色**：桃花与李花的鲜艳亮丽色彩。《诗经·召南·何彼秾矣》："何彼秾矣,华如桃李。"后因以"桃李"形容貌美。唐·张说《崔讷妻刘氏墓志》："珪璋其节,桃李其容。"② **刀尺**：剪刀和尺。指裁剪工具。《玉台新咏·古诗〈为焦仲卿妻作〉》："左手持刀尺,右手执绫罗。"唐·张籍《白纻歌》："裁缝长短不能定,自持刀尺向姑前。"③ **剪翠**：与下句"裁红",都是指剪出的彩花。

〔释〕从剪纸的色彩、形象入手,状写剪纸的逼真形象,以假乱真。有人认为末句表现的真假莫辨或有寓意,寓世事真假难料。似可信。首联上句"桃李"均属果木,自对;下句"刀尺"均属剪裁工具,自对。两个自对形成对偶。首联上句第四字本该用平声字,现用仄声"李"字,形成破平句,于是下句第三字改用平声"刀"字来补偿。详见附录二。

秦 关①
司空图

形胜今虽在②，
荒凉恨不穷③。
虎狼秦国破④，
狐兔汉陵空⑤。

〔注〕① **秦关**：指秦地关塞。晋·张华《萧史曲》："龙飞逸天路，凤起出秦关。"唐·李白《登敬亭北二小山》诗："回鞭指长安，西日落秦关。"② **形胜**：指地理位置优越，地势险要。《荀子·强国》："其固塞险，形势便，山林川谷美，天材之利多，是形胜也。"③ **荒凉**：荒芜；人烟寥落。南朝·梁·沈约《齐明帝哀策文》："经原野之荒凉，属西成之云暮。"④ **虎狼秦国**：指秦国。《史记·苏秦列传》："夫秦，虎狼之国也，有吞天下之心。"⑤ **狐兔汉陵空**：因汉陵空，而狐兔在荒凉的汉陵中出没。**汉陵**，汉代帝王的陵园。

〔释〕这是一首怀古诗。形胜的秦被楚汉消灭了，而曾经繁华一时的汉朝，其陵寝现在成了狐兔出没的地方。第二句"恨"字，一般作动词。这里具有名词性质，故可与时间名词"今"对。**虎**、**狼**，大型食肉动物，自对。**狐**、**兔**，小型动物，自对。

题壶山

翁承赞

井邑斜连北①，
蓬瀛直倚东②。
秋高岩溜白③，
日上海波红。

〔注〕① **井邑**：城镇；乡村。语本《周礼·地官·小司徒》："九夫为井，四井为邑。"② **蓬瀛**：蓬莱和瀛洲。神山名，相传为仙人所居之处。亦泛指仙境。晋·葛洪《抱朴子·对俗》："（得道之士）或委华驷而辔蛟龙，或弃神州而宅蓬瀛。"③ **溜**：指瀑布、流泉。唐·方干《题报恩寺上方》诗："岩溜喷空晴似雨，林萝碍日夏多寒。"

〔释〕壶山北连乡镇，东临大海。秋天里，山石上流泉如白练；太阳升起时，大海火红一片。**井、邑**，古代的行政区划单位，自对。**蓬、瀛**，地名，自对。**高**，本为形容词。也作动词，意为使高，即增高，升高，抬高。《国语·周语下》："共之从孙四岳佐之，高高下下，疏川导滞。"也可释为比高、争胜。这样就与下句动词"下"相对了。

秋　词①

徐　锴

井梧纷堕砌②，
寒雁远横空③。
雨久莓苔紫④，
霜浓薜荔红⑤。

〔注〕① 词：文体名。古代乐府诗体的一种。唐·元稹《乐府古题序》："诗之流为二十四名：赋、颂、铭……曲、词、调，皆诗人六义之余，而作者之旨。"② 井梧纷堕砌：指庭院里梧桐树叶纷纷落下。井，这里指家宅。砌，台阶。南朝·齐·谢朓《直中书省》诗："红药当阶翻，苍苔依砌上。"③ 寒雁：寒天的雁。诗文中常以衬托凄凉的气氛。唐·无名氏《朝元阁赋》："寒雁正来，下泰山之八水；暮烟初起，绕汉家之五陵。"横空：横越天空。唐·虞世南《侍宴应诏赋得前字》诗："横空一鸟度，照水百花然。"④ 莓苔：青苔。晋·孙绰《游天台山赋》："践莓苔之滑石，搏壁立之翠屏。"⑤ 薜荔：植物名。又称木莲。常绿藤本，蔓生，叶椭圆形，花极小，隐于花托内。果实富含胶汁，可制凉粉，有解暑作用。《楚辞·离骚》："揽木根以结茝兮，贯薜荔之落蕊。"

〔释〕本诗描绘了一幅秋色图画。**寒**,指寒冷的季节。名词。《易经·系辞下》:"寒往则暑来,暑往则寒来,寒暑相推而成岁焉。""寒雁"是寒天的雁,而不是寒冷的雁。这样就与上句的"井梧"相对了。

寄人二首(之一)

崔道融

花上断续雨,

江头来去风。

相思春欲尽,

未遣酒尊空①。

〔注〕① 遣:排除;抒发。《晋书·王浚传》:"吾始惧邓艾之事,畏祸及,不得无言,亦不能遣诸胸中,是吾褊也。"酒尊:古代盛酒器。《后汉书·张衡传》:"(候风地动仪)形似酒尊,饰以篆文山龟鸟兽之形。"宋·辛弃疾《水调歌头》词:"我饮不须劝,正怕酒尊空。"

〔释〕白话入诗,自然天成。首联上句"断"与"续"自对,下句"来"与"去"自对。首联上句第三、四字本该用平声字,形成平律,结果都用了仄声字,使这句失去了平律,为此首联下句第三字本该用仄声字,现在用平声字"来"进行补偿。

冬郊行望

王勃

桂密岩花白①,
梨疏树叶红。
江皋寒望尽②,
归念断征蓬③。

〔注〕① **桂密**：桂花稠密。② **江皋**：江岸，江边地。③ **征蓬**：飘蓬。比喻漂泊的旅人。

〔释〕首联以"桂密""梨疏"点明秋寒时令，由此引出"归念"心切。

鸟鸣涧①

王维

人闲桂花落②,
夜静春山空③。
月出惊山鸟,
时鸣春涧中④。

〔注〕① 涧：两山间的水沟。泛指涧谷、山谷。② **人闲**：指晚间。古人日出而作，日落而息。**桂花**：树名。即木樨，也指其所开的花。③ **春山**：春日的山。也指春日山中。④ **时鸣**：偶尔（时而）啼叫。

〔释〕这是王维题友人所居的《皇甫岳云溪杂题五首》之一。五首诗每一首写一处风景。这首诗写夜间寂静的景象，但静中有动：人闲、花落、月出、鸟鸣。首联上句第四字本该用仄声字，现在用平声字"花"，形成破仄句。详见附录二。

游仙词①

窦巩

海上神山绿②,
溪边杏树红。
不知何处去,
月照玉楼空③。

〔注〕① **游仙**：漫游仙界。明·叶宪祖《鸾鎞记·品诗》："混俗同鱼服,游仙学紫绡。"晋·郭璞有《游仙诗》。词：文体名。或指古代乐府诗体的一种;或指按谱填写,可合乐歌唱,渊源于南朝,始于唐,盛于宋的一种诗体。② **神山**：神话中指神仙所居住的山。《史记·封禅书》："乃益发船,令言海中神山者数千人求蓬莱神人。"③ **玉楼**：华丽的楼。这里指传说中天帝或仙人的居所。前蜀·杜光庭《莫庭乂青城本命醮词》："洞里之玉楼金阙,尘俗难窥。"

〔释〕首联写游仙之境,尾联感叹现实。月照楼空,人已仙去,可惜可叹。

渔家

高蟾

野水千年在①,
闲花一夕空②。
近来浮世狭③,
何似钓船中。

〔注〕① **野水**：指非经人工开凿的天然水流。② **闲花**：指野花。③ **浮世**：人间；人世。旧时认为人世间是浮沉聚散不定的，故称。唐·许浑《将赴京留赠僧院》诗："空悲浮世云无定，多感流年水不还。" **狭**：窄。横向的距离小，与"宽""广"相对。《墨子·备突》："维置突门内，使度门广狭。"

〔释〕以"野水"寓世界，以"闲花"寓人生。世界是永存的，人生是短暂的。人与人之间的争权夺利又是极其激烈的，因而人的生存空间被挤压得如钓船一样狭窄。笔者曾在《自我教学概论》中提出，不要在一条道上挤得死去活来。人犹如浩瀚大海里的鱼，万里长空的雁。世界能容纳下所有的人。只是有些人只看到长空之一隅、大海之一角。

二　冬

即事九首（之七）

司空图

林鸟频窥静，
家人亦笑慵①。
旧居留稳枕②，
归卧听秋钟③。

〔注〕① **慵**：懒惰，懒散。唐·杜甫《王十七侍御抡许携酒至草堂奉寄此诗便请邀高三十五使君同到》诗："老夫卧稳朝慵起，白屋寒多暖始开。"② **稳枕**：卧隐的枕头。卧隐，指隐居。宋·刘敞《蝉》诗："屈宋悲秋苦，夷齐卧隐高。"③ **归卧**：指辞官还乡。唐·韩愈《顺宗实录二》："（贾耽、郑珣瑜）二相皆天下重望，相次归卧。"

〔释〕诗人抒写的是隐居生活或向往的隐居生活。尾联上句第二字"居"和下句第二字"卧"同时兼有动词和名词用法，故可对。听，《广韵》有两读：他丁切，平声；他定切，去声。这里作仄声看待。

题罗浮石①

李德裕

清景持芳菊②,
凉天倚茂松③。
名山何必去,
此地有群峰。

〔注〕① **罗浮石**：产于罗浮的石头。**罗浮**，山名。在广东省东江北岸。风景优美，为粤中游览胜地。晋代葛洪曾在此山修道，道教称为"第七洞天"。相传隋代赵师雄在此梦遇梅花仙女，后多为咏梅典实。② **清景**：清丽的景色。**持**：扶持；依靠。③ **倚**：凭借；仗恃；依赖。

〔释〕李德裕酷爱收藏石头，在他的诗中吟咏过泰山石、巫山石、漏潭石、钓石等。此石为番禺连帅所赠，必有奇特之处。从末句"此地有群峰"一句看，这块石头就是一座缩微的群山。石上还有芳菊、茂松等。

留别四首①（之一）

唐彦谦

鹏程三万里②，

别酒一千钟③。

好景当三月，

春光上国浓④。

〔注〕① **留别**：指以诗文作纪念赠给分别的人。唐·杜牧《赠张祜》诗："数篇留别我，羞杀李将军。"② **鹏程**：比喻前程远大。《庄子·逍遥游》："鹏之徙于南冥也，水击三千里，抟扶摇而上者九万里。"后因以"鹏程万里"比喻前程远大。③ **别酒**：为离别的人饯行的酒宴。别，离别。《楚辞·离骚》："余既不难夫离别兮，伤灵修之数化。"钟：盛酒器。《列子·杨朱》："朝之室也，聚酒千钟，积曲成封，望门百步，糟浆之气逆于人鼻。"④ **上国**：指京城。

〔释〕留别的是谁，不详。从末句"春光上国浓"看，留别的应该是升迁京城的官员。

远山

吴融

隐隐隔千里①,
巍巍知几重②。
平时未能去,
梦断一声钟。

〔注〕① 隐隐：隐约不分明的样子。南朝·宋·鲍照《还都道中》诗之二:"隐隐日没岫,瑟瑟风发谷。"② 巍巍：崇高伟大。《论语·泰伯》:"巍巍乎!舜禹之有天下也而不与焉。"

〔释〕首联上句第三字应该是平声,却用了仄声"隔"字,形成破平句。下句第三字本该是仄声字,为拗救,用平声字"知"。尾联上句第四字本该用仄声字,这里却用了平声字"能"字,形成破仄句。下句可救可不救。

三　江

宿云亭[1]

韦处厚

雨合飞危砌[2]，
天开卷晓窗[3]。
齐平联郭柳[4]，
带绕抱城江[5]。

〔注〕① 此诗为仅存的《盛山十二诗》之四。盛山：未详。宿云亭：从《盛山十二诗》其他各首标题"竹岩""梅溪""桃坞"看，应是地名。② 雨合：犹言雨大。故有"飞危砌"之说。危砌：宿云亭的台阶。③ 天开卷晓窗：早晨打开窗户，天晴了。天开，天晴。俗语云：天开放晴。④ 齐平：整齐；平正。晋·王羲之《题卫夫人笔阵图后》："上下方整，前后齐平。"⑤ 带绕抱城江：江水如带，绕城而流。

〔释〕先雨后晴，雨后天青。俯瞰全城，柳树整齐排列，一直绵延到城外。江水如带，抱城而流。如此之景，非登高不能见也。极言宿云亭之高。

四　支

答友人赠乌纱帽①
李　白

领得乌纱帽，
全胜白接篱②。
山人不照镜③，
稚子道相宜④。

〔注〕① 乌纱帽：帽名。南朝宋代始有乌纱帽，直至隋代均为官服。唐初曾贵贱均用，以后各代仍多为官服。② **全胜**：远远胜过。唐·卢殷《七夕》诗："定不嫌秋驶，唯当乞夜迟。全胜客子妇，十载泣生离。"**白接篱**：以白鹭羽为饰的帽子。③ **山人**：李白自谓。李白奉诏入京之前，应正隐于徂徕山之竹溪，故自称"山人"。④ **稚子**：指李白爱子伯禽。时伯禽年龄在十至十四岁间，故称"稚子"。**稚**，幼小。**相宜**：合适。

〔释〕第二句第二字"胜"，《广韵》识蒸切，平声。故"胜"字可与上句古入声字"得"相对。

答郑十七郎一绝①

杜 甫

雨后过畦润②,

花残步屐迟③。

把文惊小陆④,

好客见当时⑤。

〔注〕① 郑十七郎:宋·黄鹤《集千家注分类杜工部诗》:"郑十七、郑十八,兄弟也。"② 畦:泛指田园。南朝·齐·谢朓《和沈祭酒行园》诗:"霜畦纷绮错,秋町郁蒙茸。"③ 屐:本为木制的鞋。后泛指鞋。《释名·释衣服》:"帛屐,以帛作之,如屦也。"④ 小陆:晋代陆云与兄陆机俱有文名,世称陆云为小陆。后比喻善文者。这里指郑十八。清·仇兆鳌《杜诗详注》:"陆云也,比郑十八。"⑤ 见:显现,显露。当时:指郑当时,字庄,西汉大臣,郑桓公十九世孙,任侠善交,在梁、楚扬名。这里指郑十七。清·仇兆鳌《杜诗详注》:"当时,郑庄也,比郑十七。"

〔释〕清·仇兆鳌《杜诗详注》:"此访郑后,郑赠诗而公答之也。上二叙景,下二言情。"过,《广韵》有两读:古卧切,去声;古禾切,平声。这里作平声看待。

闲 步
司空图

几处白烟断,
一川红树时。
坏桥侵辙水①,
残照背村碑②。

〔注〕① 辙：车轮碾过的痕迹。② 残照：落日余晖。唐·李白《忆秦娥》词："西风残照,汉家陵阙。"背村碑：村头石碑的背面。

〔释〕断,这里为动词。也用作名词,指片段之木。《庄子·天地》："比牺尊于沟中之断,则美恶有间矣。"唐·韩愈《题木居士》诗之二："为神讵比沟中断,遇赏还同爨下余。"借义可与下句名词"时"对。首联上句第三字应为平声字,结果用了仄声的"白"字,形成破平句,下句第三字本应为仄声字,现改用平声字"红",进行补救,也为下句本身破平(第一字改用仄声"一"字)而重新形成平律创造了条件。

偶书五首(之二)

司空图

色变莺雏长①，
竿齐笋箨垂②。
白头身偶在③，
清夏景还移④。

〔注〕① 莺雏：幼小的黄鹂。羽毛灰色，长大后，羽毛变为黄色，间有黑色。② 竿：指成竹，与"笋"相对。**竿齐笋箨垂**：竹笋在长到与成竹一样高时，笋皮就自然脱落。**竿齐**，达到成竹同样高度。**笋箨**，笋皮。北周·庾信《谢滕王赉巾启》："入彼春林，方夸笋箨。"**垂**，落下，脱落。③ **白头**：指白头翁鸟。④ **清夏**：清和的初夏。南朝·齐·谢朓《奉和随王殿下》之四："时惟清夏始，云景暖含芳。"唐·皮日休《鲁望以竹夹膝见寄因次韵酬谢》诗："拂润恐飞清夏雨，叩虚疑贮碧湘风。"**景**：同"影"。指雏鸟生长到了夏天，能见到它们飞翔的影子。

〔释〕第四句"清"，与上句"白"，看似不对仗，实则对仗。因为"清"与"青"同音，借"青"与"清"同音，形成颜色词对仗。

即事九首①（之四）

司空图

衰鬓闲生少②,
丹梯望觉危③。
松须依石长,
鹤不傍人卑④。

〔注〕① **即事**：以当前事物为题材。宋·魏庆之《诗人玉屑·命意·陵阳谓须先命意》："凡作诗须命终篇之意,切勿以先得一句一联,因而成章,如此则意不多属。然古人亦不免如此,如述怀、即事之类,皆先成诗,而后命题者也。" ② **衰鬓**：年老而疏白的鬓发。多指暮年。唐·卢纶《长安春望》诗："谁念为儒逢世难,独将衰鬓客秦关。" ③ **丹梯危**：比喻仕途险恶。**丹梯**,红色的台阶。南朝·宋·谢灵运《拟魏太子邺中集诗·阮瑀》："躧步陵丹梯,并坐侍君子。"亦喻仕进之路。 ④ **鹤**：鹤科鸟类的通称。鹤在中国文化中有崇高的地位,特别是丹顶鹤,是长寿、吉祥和高雅的象征,常被与神仙联系起来,又称为"仙鹤"。

〔释〕诗人在尾联中以中国特有的松鹤高洁的艺术形象来表达自己不愿同流合污的思想情怀。

曲池荷

卢照邻

浮香绕曲岸①,
圆影覆华池②。
常恐秋风早,
飘零君不知。

〔注〕① **浮香**:飘溢的香气。隋炀帝《宴东堂》诗:"清音出歌扇,浮香飘舞衣。"唐太宗《采芙蓉》诗:"船移分细浪,风散动浮香。"
② **圆影**:指荷叶。**华池**:神话传说中的池名。在昆仑山上。汉·王充《论衡·谈天》:"昆仑之高,玉泉、华池,世所共闻,张骞亲行无其实。"《文选·孙绰〈游天台山赋〉》:"挹以玄玉之膏,漱以华池之泉。"这里指景色佳丽的池沼。《楚辞·东方朔〈七谏·谬谏〉》:"鸡鹜满堂坛兮,蛙黾游乎华池。"

〔释〕首联从嗅觉(浮香)和视觉(圆影)两个角度来赞美曲池里的荷,尾联借荷抒怀。荷叶荷花,与别的花比较,荷花早逝,荷叶先凋。诗人在武则天时期不见用,故以荷之芳洁比喻自己的才俊,还恐早凋而不为人知。沈德潜《唐诗别裁》:"言外有抱才不遇,早年零落之感。"

题三会寺苍颉造字台①

岑 参

野寺荒台晚②,
寒天古木悲。
空阶有鸟迹,
犹似造书时③。

〔注〕① 三会：指弥勒佛的三次说法大会。佛教称兜率天弥勒降生翅头末城,学道成佛,在华林园龙华树下开三次法会。初会说法,九十六亿人得阿罗汉；第二大会说法,九十四亿人得阿罗汉；第三大会说法,九十二亿人得阿罗汉。见《弥勒下生经》。三会寺：这里指当时长安仓颉里的三会寺。"其地本仓颉造字堂。"(《长安志》卷十二)仓颉造字：《说文解字·叙》："黄帝史官仓颉,见鸟兽蹄远(音 háng,兽迹)之迹,知分理可相别异也,初造书契(指文字)。"② 野寺荒台：指三会寺苍颉造字台。③ 造书：即造字。书,文字。《史记·项羽本纪》："项籍少时学书,不成,去；学剑,又不成。项梁怒之。籍曰：'书足以记姓名而已。剑一人敌,不足学,学万人敌。'"

〔释〕前三句写景,表现三会寺苍颉造字台的荒芜。"空阶有鸟迹",一个特写镜头,既突出表现造字台的荒凉,又为下句"犹似造书时"铺垫,十分巧妙,恰到好处。

复愁十二首①（之十）
杜 甫

江上亦秋色，
火云终不移。
巫山犹锦树②,
南国且黄鹂③。

〔注〕① 复愁：前愁未消，后愁又至。② 锦：形容色彩鲜艳华美。③ 南国：本指江汉一带的诸侯国。这里指江汉一带地方。且：再，又。

〔释〕季节已进入秋季，但火云不退，巫山树木依然葱翠，黄鹂依然活跃鸣叫，天气还热，令人烦躁。首联上句第三字本该用平声字，却用了仄声"亦"字，形成破平句。于是，在下句（对句）中的第三字改用平声字"终"来补救。

池西亭

白居易

朱栏映晚树①，
金魄落秋池②。
还似钱唐夜③，
西楼月出时。

〔注〕① **朱栏**：朱红色的围栏。唐·李嘉佑《同皇甫冉登重元阁》诗："高阁朱栏不厌游，兼葭白水绕长洲。"② **金魄**：指满月。唐·沈佺期《和元舍人万顷临池玩月》诗："玉流含吹动，金魄度云来。"唐·李白《古风》诗之二："圆光亏中天，金魄遂沦没。"③ **钱唐**：指钱塘江，古县名，在今浙江省。古诗文中常指今杭州市。

〔释〕在古诗文中，"金玉"常作为颜色词，一般"金"表示黄色，"玉"表示白色。"月亮"又叫"玉魄"。唐·春台仙《游春台》诗："玉魄东方开，嫦娥逐影来。"

春寒

徐凝

乱雪从教舞①,
回风任听吹②。
春寒能作底③,
已被柳条欺。

〔注〕① **从教**:听任,任凭。**教**,读 jiāo,平声字。使,令,让。《墨子·非儒下》:"劝下乱上,教臣杀君,非贤人之行也。" ② **任听**:听凭;听随。《隋书·经籍志四》:"开皇元年,高祖普诏天下,任听出家,仍令计口出钱,营造经像。" ③ **作底**:如何,怎样。唐·白居易《寒食日寄杨东川》诗:"不知杨六逢寒食,作底欢娱过此辰?"唐·温庭筠《西州词》:"去帆不安幅,作抵使西风?"

〔释〕"春寒""已被柳条欺",妙。在落叶乔木中,柳树发芽较早,落叶较迟。柳芽总是在寒春中生发。一个"欺"字,以拟人手法写出春暖不可阻挡。**听**,《广韵》有两读:他丁切,平声;他定切,去声。这里作仄声看待。

张飞庙①

殷尧藩

威名垂万古，
勇力冠当时②。
回首三分国③，
何人赋黍离④。

〔注〕① **张飞庙**：汉桓侯祠的俗称。在四川省阆中市古城区西街59号，全国重点文物保护单位，是纪念三国时蜀汉名将张飞的祠庙。因张飞死后追谥为桓侯，故名。② **冠**：超出众人，居于首位。《韩非子·难三》："夫尧之贤，六王之冠也。" **当时**：昔时。指过去发生某件事情的时候。③ **三分国**：指蜀、魏、吴三国。唐·杜甫《八阵图》诗："功盖三分国，名成八阵图。"④ **黍离**：本为《诗经·王风》中的篇名。这首诗是东周都城洛邑周边地区的民歌，是一首有感于家国兴亡的诗歌。后遂用作感慨亡国之词。三国·魏·曹植《情诗》："游子叹《黍离》，处者歌《式微》。"

〔释〕刘备、关羽、张飞和诸葛亮智勇兼备，创立蜀国。然而在扶不起的阿斗手里二代而亡。对此教训，诗人发出了"何人赋黍离"的感慨。"万古""当时"都是指时间，故可对。

五　微

建德破后入长安咏秋蓬示辛学士[①]
王绩

遇坎聊知止[②],　
逢风或未归[③]。　
孤根何处断,　
轻叶强能飞[④]。

〔注〕① **建德**:指窦建德,隋末起义军首领,后为李世民击败,被杀于长安。**秋蓬**:秋季的蓬草。因已干枯,易随风飘飞,故亦以喻漂泊不定。《晏子春秋·杂上二十》:"譬之犹秋蓬也,孤其根而美枝叶,秋风一至,偾且揭矣。"**辛学士**:指辛姓读书人。
② **遇坎聊知止**:指蓬草被风吹到沟坎中就停下来。比喻遇到艰险而停滞不前。③ **逢风或未归**:再遇到强风,可能还会被吹起,不能停息下来。④ **强能**:精明强干。《后汉书·河间王开传》:"顺帝以侍御史吴郡沈景有强能称,故擢为河间相。"

〔释〕这是一首咏物诗。寥寥四句就把秋蓬随风飘舞、漂泊不定的生动形态勾画出来了。说是咏物,实则喻人。

复愁十二首①（之二）
杜　甫

钓艇收缗尽②，
昏鸦接翅归③。
月生初学扇，
云细不成衣。

〔注〕① **复愁**：旧愁未了，新愁又至，故称"复愁"。② **钓艇**：钓鱼船。**缗**：钓鱼绳。《诗经·召南·何彼襛矣》："其钓维何？维丝伊缗。"③ **昏鸦**：黄昏时的乌鸦。乌鸦黑色，再加上黄昏时候，更加昏暗，看不清。**接翅归**：一个接一个归巢。人用足行，故言"接踵而至"；鸟以翼飞，故言"接翅归"。

〔释〕写薄暮愁景。黄昏时，钓船收竿，昏鸦归巢，昏暗孤独。如扇的初生月，不能普照；似丝的云，不能及物。"钓艇"与"昏鸦"虽不属同类事物，但它们都是偏正结构，词性相同，形成对仗。

复愁十二首（之四）
杜 甫

身觉省郎在①，
家须农事归。
年深荒草径，
老恐失柴扉②。

〔注〕① 省郎：指皇帝的侍从官。因居省禁中，故称。也指中枢诸省的官吏。唐·杜甫《入奏行赠西山检察使窦侍御》诗："省郎京尹必俯拾，江花未落还成都。"② 柴扉：柴门。也指贫寒的家园。南朝·梁·范云《赠张徐州稷》诗："还闻稚子说，有客款柴扉。"扉，门扇。

〔释〕清·仇兆鳌《杜诗详注》："无家可归而愁。""弃官则须归农，乃草荒而田日芜，扉失而居日废，不复有乡土之可依矣。"首联上句本应是"仄仄平平仄"，现在仄律（仄仄）和平律（平平）都被打破，形成"平仄仄平仄"（身觉省郎在）句，下句第三字本该用仄声字，现在用平声"农"字补救。详见附录二。

华子冈[①]

裴迪

落日松风起，
还家草露晞[②]。
云光侵履迹[③]，
山翠拂人衣[④]。

〔注〕① **华子冈**：在辋谷水旁。**辋谷水**，唐时称"辋川"，水名。诸水会合如车辋环凑，故名。在陕西省蓝田县南，源出秦岭北麓，北流至县南入灞水。唐代诗人王维曾置别墅于此。《新唐书·文艺传中·王维》："别墅在辋川，地奇胜，有华子冈、欹湖、竹里馆、柳浪、茱萸沜、辛夷坞，与裴迪游其中，赋诗相酬为乐。"王维常陶醉于此山壑林泉之间，同孟浩然、裴迪、钱起等诗友良朋"模山范水""练赋敲诗"，为辋川二十景写下了40首五言绝句，取名《辋川集》。其中收录裴迪的和诗20首。此诗王维作："飞鸟去不穷，连山复秋色。上下华子冈，惆怅情何极。"② **晞**：干；干燥。《诗经·秦风·蒹葭》："蒹葭萋萋，白露未晞。"③ **云光**：云层罅缝中漏出的日光。晋·王嘉《拾遗记·前汉下》："（昭帝）使宫人歌曰：'……云光开曙月低河，万岁为乐岂云多。'"**侵**：侵蚀；侵染。这里指照射。**履迹**：足迹。南朝·陈·何楫《班婕仔》诗："履迹随恩故，阶苔逐恨新。"

④ **山翠**：翠绿的山色。南朝·梁·庾肩吾《奉和春夜应令》："水光悬荡壁,山翠下添流。"

〔释〕全诗以"还家"为线索,通过诗人对所见所闻的独特感受,向读者展示了一幅有声有色、亦动亦静的艺术画面。天晚了,但诗人游兴未尽,赏景之心难收。

送裴陟归常州①

皇甫冉

夜雨须停棹②,
秋风暗入衣。
见君尝北望③,
何事却南归④。

〔注〕① **裴陟**:人名。未详。② **棹**:本指船桨。借指船。《红楼梦》第五十回:"野岸回孤棹,吟鞭指灞桥"。③ **尝**:通"常"。唐·卿云《送人游塞》诗:"雪每先秋降,花尝近夏生。"**北望**:遥望北方。这里指回望京城长安。暗指留恋宫阙。用以比喻心不忘君。④ **南归**:指回常州。

〔释〕夜归,可见归事之急。然而,归途中又时常回首京城。矛盾心情不言而喻。

题崔逸人山亭
钱　起

药径深红藓①,
山窗满翠微②。
羡君花下酒③,
蝴蝶梦中飞④。

〔注〕① **药径**：采药的山路。**深**：动词,隐藏。《周礼·考工记·梓人》："必深其爪,出其目。"② **满**：充满,布满。《庄子·天运》："在谷满谷,在坑满坑。"**翠微**：泛指青山。唐·高适《赴彭州山行之作》诗："峭壁连崆峒,攒峰迭翠微。"毛泽东《答友人》诗："九嶷山上白云飞,帝子乘风下翠微。"也指青翠缥缈的山光水色。③ **花下酒**：在花下喝酒。**酒**,饮酒。这里作动词。《尚书·酒诰》："文王诰教小子,有正有事,无彝酒。"④ **蝴蝶梦**：比喻虚幻之事,迷离之梦。唐·武元衡《西亭题壁寄中书李相公》诗："空余蝴蝶梦,迢递故山归。"

〔释〕蝴蝶,单纯词,且两字都是"虫"旁,可视为自对。

赠李果毅①

卢 纶

向日磨金镞②,
当风着锦衣③。
上城邀贼语④,
走马截雕飞⑤。

〔注〕① 果毅：隋唐时武官名。隋时统骁果之兵，唐时统府兵。《隋书·炀帝纪下》："（大业九年）辛卯，置折冲、果毅、武勇、雄武等郎将官，以领骁果。"② 向日：往日，从前。《新唐书·韩瑗传》："遂良受先帝顾托，一德无二，向日论事，至诚恳切。"金镞：金属制的箭头。③ 锦衣：精美华丽的衣服。旧指显贵者的服装。《诗经·秦风·终南》："君子至止，锦衣狐裘。"④ 上城：站到城墙上。邀贼语：向敌人喊话。⑤ 走马：跑马，骑马疾走；驰逐。《诗经·大雅·绵》："古公亶父，来朝走马。"唐·杜甫《去秋行》："去秋涪江木落时，臂枪走马谁家儿？"截雕飞：截住飞雕；射雕。射雕，喻善射。

〔释〕不著一字赞语，全用实写果毅之勇猛。每句在同一位置都用一个动词，显得传神、精当。

喜遇刘二十八①

裴 度

病来佳兴少②,
老去旧游稀③。
笑语纵横作④,
杯觞络绎飞⑤。

〔注〕① **刘二十八**：指刘禹锡。刘禹锡在族中（即整个刘家，包括他的堂兄弟们）排行第二十八，故名。② **佳兴**：指雅兴。③ **老去**：本指人渐趋衰老。引申为老年、晚年。**旧游**：昔日交游的友人。宋·苏辙《送柳子玉》诗："旧游日零落，新辈谁与伍？"④ **纵横**：比喻无所顾忌。**纵**，《广韵》即容切，平声。意为直，与"横"相对。《楚辞·东方朔〈七谏·沉江〉》："不开寤而难道兮，不别横之与纵。"王逸注："纬曰横，经曰纵。"按：纵、横，自对。⑤ **杯觞**：酒杯。《三国志·吴志·胡综传》："性嗜酒，酒后欢呼极意，或推引杯觞，搏击左右。"也指行酒、饮酒。**络绎**：连续不断；往来不绝。《明史·聊让传》："迩岁土木繁兴，异端盛起，番僧络驿，污吏纵横。"按：络、绎，自对。

〔释〕诗人以平时"佳兴少""旧游稀"，来映衬遇到友人刘禹锡时那种"笑语纵横作""杯觞络绎飞"的喜悦心境。

边 思①

杨 衡

苏武节旄尽②,
李陵音信稀③。
梅当陇上发④,
人向陇头归⑤。

〔注〕① **边**:边境,边界。② **苏武**:西汉大臣,奉命以中郎将持节出使匈奴,被扣留,历尽艰辛,留居匈奴十九年持节不屈。**节旄**:旄节上所缀的牦牛尾饰物。《汉书·苏武传》:"(苏武)杖汉节牧羊,卧起操持,节旄尽落。"③ **李陵**:初为西汉将领,善骑射,爱士卒,颇得美名。曾奉汉武帝之命出征匈奴,率五千步兵与八万匈奴战于浚稽山,最后因寡不敌众兵败投降。后汉武帝误听信李陵替匈奴练兵的讹传,夷灭李陵三族,致使其彻底与汉朝断绝关系。其一生充满国仇家恨的矛盾。④ **陇上**:泛指今陕北、甘肃及其以西一带地方。⑤ **陇头**:陇山。借指边塞。南朝·宋·陆凯《赠范晔》诗:"折花逢驿使,寄与陇头人。"

〔释〕此为戍边咏史诗。诗人以苏武的艰辛、李陵被误解所带来的国仇家恨为例,感慨抒怀,促世人深思。首联上句第三字应为平声字,这里却用了一个仄声"节"字,形成破平句。下句(对句)第三字本该用仄声字,这里改用平声"音"字进行补救。

六　鱼

赋得临池柳①
李世民

岸曲丝阴聚②,　
波移带影疏③。　
还将眉里翠④,　
来就镜中舒⑤。

〔注〕① **赋得**：凡摘取古人成句为诗题，题首多冠以"赋得"二字。如南朝梁元帝有《赋得兰泽多芳草》一诗。科举时代的试帖诗，因试题多取成句，故题前均有"赋得"二字。亦应用于应制之作及诗人集会分题。后遂将"赋得"视为一种诗体。即景赋诗者也往往以"赋得"为题。② **丝阴**：指浓密的柳条。③ **带影**：指柳条在水中如带的影子。④ **眉里翠**：喻指柳叶。翠，画眉用的螺黛，青黑色。⑤ **镜**：这里指水面。

〔释〕上联写柳条，下联写柳叶。既写柳条在岸上的倩影，亦写柳条在水波中的映影；既写柳叶的翠色，又写柳叶在水面的形态。

闲居

高适

柳色惊心事①,
春风厌索居②。
方知一杯酒③,
犹胜百家书④。

〔注〕① **柳色**：柳叶繁茂的翠色。多用以烘托春日的情思。南朝·梁·何逊《落日前墟望赠范广州云》诗："轻烟澹柳色，重霞映日余。"② **索居**：离群独居。《礼记·檀弓上》："吾离群而索居，亦已久矣。"郑玄注："群，谓同门朋友也；索，犹散也。"晋·陶潜《祭程氏妹文》："兄弟索居，乖隔楚越。"③ **一杯酒**：《晋书·张翰传》："翰曰：'使我有身后名，不如即时一杯酒。'时人贵其旷达。"④ **百家书**：诸子百家之书。

〔释〕本来因"索居"而孤独，在明媚的春日里，心情更加烦闷，书也读不下去，只有借酒消愁。尾联上句第四字本应为仄声字，这里却用平声"杯"字，形成破仄句，下句可救可不救。

将离岳州留献徐员外

张　祜

高斋长对酒①，
下客亦沾鱼②。
不为江南去③，
还来郡北居。

〔注〕① **高斋**：高雅的书斋。常用作对他人屋舍的敬称。唐·孟浩然《宴张别驾新斋》诗："高斋征学问，虚薄滥先登。"**对酒**：面对着酒。三国·魏·曹操《短歌行》："对酒当歌，人生几何？"② **下客**：门下之客。见《战国策·齐策四》冯谖事。这里指诗人自己，是诗人自比冯谖，常受徐员外之恩。**沾鱼**：增添鱼。**沾**，"添"的古字。增添。③ **不为江南去**：不是为了鲈鱼脍才离开岳州的。反用张翰辞官东归事。事见南朝·宋·刘义庆《世说新语·识鉴》。

〔释〕上联写诗人常在徐员外家作客，下联抒发诗人不忍离去的心境。

复愁十二首（之十二）
杜 甫

病减诗仍拙①，
吟多意有馀。
莫看江总老②，
犹被赏时鱼③。

〔注〕① **病减**：疾病好转。**诗仍拙**：这里是谦辞。② **江总**：字总持，南朝陈著名大臣、文学家。这里以江总自比。③ **被**：仇兆鳌《杜诗详注》云："疑作'佩'。"**赏时鱼**：杜甫任检校工部员外郎，得到赐绯鱼袋。**鱼袋**：唐代官吏所佩盛放鱼符的袋子。

〔释〕"看"，在律诗中常作为平声字。仇兆鳌《杜诗详注》云："末章总结，借吟诗以遣愁也。"

秋思二首①（之一）

马 戴

万木秋霖后②，
孤山夕照馀。
田园无岁计③，
寒近忆樵渔④。

〔注〕① **秋思**：秋日寂寞凄凉的思绪。唐·沈佺期《古歌》："落叶流风向玉台,夜寒秋思洞房开。"② **秋霖**：秋日的淫雨。《管子·度地》："冬作土功,发藏藏,则夏多暴雨,秋霖不止。"③ **岁计**：一年的生活安排。《庄子·庚桑楚》："今吾日计之而不足,岁计之而有馀。"唐·朱庆馀《镜湖西岛言事》诗："岁计有馀添橡实,生涯一半在渔舟。"这里指农活。④ **樵渔**：樵夫和渔夫。唐·岑参《终南山双峰草堂作》诗："有时逐樵渔,尽日不冠带。"唐·于鹄《题邻居》诗："虽然在城市,还得似樵渔。"这里指打柴和捕鱼的事。

〔释〕**近**,接近。动词。它也作名词,指帝王亲近的人。《孟子·离娄下》"武王不泄迩"汉赵岐注："迩,近也……近谓朝臣。"《新唐书·高适传》："俄迁侍御史,擢谏议大夫,负气敢言,权近侧目。"借义可与上句"园"对。

即事①

高蟾

三年离水石②,
一旦隐樵渔③。
为问青云上④,
何人识卷舒⑤。

〔注〕① **即事**:多用为诗词题目。如唐·杜甫《草堂即事》诗,宋·辛弃疾《清平乐·博山道中即事》词,郭沫若《南水泉即事》诗等。② **水石**:本指流水与水中之石,借指清丽胜景。这里指诗人进士及第后离开田园生活。③ **樵渔**:指樵夫和渔夫,亦泛指村舍中人,也指打柴和捕鱼。④ **青云**:青色的云。这里喻指高官显爵。《史记·范雎蔡泽列传》:"须贾顿首言死罪,曰:'贾不意君能自致于青云之上。'"⑤ **卷舒**:本指卷起与展开。唐·韩愈《符读书城南》诗:"灯火稍可亲,简编可卷舒。"这里指进退、隐显。唐·韩愈《遣兴联句》诗:"蘧宁知卷舒,孔颜知行藏。"

〔释〕高蟾在科举仕途上很不平坦,十年累举不第。这首诗大约是在他中进士三年后所作,故有"三年离水石"之说。进入官场才三年,便产生了"一旦隐樵渔"的退隐想法。

芭蕉

路德延

一种灵苗异①,
天然体性虚②。
叶如斜界纸③,
心似倒抽书。

〔注〕① **灵苗**:指珍奇美观的植物。② **体性**:禀性。《商君书·错法》:"夫圣人之存体性,不可以易人。"③ **斜界**:划出侧斜的界线。

〔释〕路德延,九岁能作诗。这是他少年上学时所作的诗。

七　虞

题贺知章故居叠韵作①
温庭筠

废砌翳薜荔②，∨
枯湖无菰蒲③。∧
老媪饱藁草④，∨
愚儒输逋租⑤。∧

〔注〕① 贺知章：唐代著名诗人、书法家。**叠韵**：指两个字或几个字的韵母相同。**叠韵诗**，一种特殊的诗体，即用叠韵所做的诗。② **砌**：台阶。**翳**：遮蔽，隐藏，隐没。《楚辞·离骚》："百神翳其备降兮，九疑缤其并迎。"**薜荔**：植物名。又称木莲。参见"一东"韵部的徐锴《秋词》注。③ **菰蒲**：菰和蒲，均为浅水植物。④ **老媪饱藁草**：老年妇人让牛羊等牲畜吃饱饲料。**藁草**，草料。⑤ **愚儒**：昧于事理的儒者。《史记·秦始皇本纪》："丞相李斯曰：'……今陛下创大业，建万世之功，固非愚儒所知。'"《汉书·张汤传》："上问汤，汤曰：'此愚儒无知。'"**逋租**：犹欠租。《东观汉记·光武纪》："尝为季父故春陵侯讼逋租于大司马严尤。"

〔释〕这是一首叠韵诗。两联的上句均为仄声，下句均为平声。首联上句的每个字都是去声字,且除"废"字属"队韵"外,其余都属"霁韵"字;尾联上句的五个字都是上声字,且同属"皓韵"字。两个下句均为平声字,且都是"虞韵"字。

失题

范夜

举意三江竭①，
兴心四海枯②。
南游李邕死③，
北望宋珪殂④。

〔注〕① **举意**：涉想，动念。唐·杜甫《凤凰台》诗："坐看彩翩长，举意八极周。"**竭**：干涸。《诗经·大雅·召旻》："池之竭矣，不云自频？泉之竭矣，不云自中？"**三江**：古代各地众多水道的总称。《尚书·禹贡》："三江既入，震泽底定。"《周礼·夏官·职方氏》："其川三江。"② **兴心**：打定主意，存心。③ **李邕**：字泰和，唐代书法家。在年七十时被李林甫冤杀。④ **宋珪**：人名，生平未详。**殂**：死亡。

〔释〕每句都用一个单字动词结句。尾联上句第四字本应为仄声字，这里却用平声"邕"字，形成破仄句。可以不救。

偶书五首（之一）
司空图

衰谢当何忏①，
惟应悔壮图②。
磬声花外远③，
人影塔前孤④。

〔注〕① **衰谢**：精力衰退。谢，衰败，衰落。《北齐书·元晖业传》："晖业复愁十二以时运渐谢，不复图全，唯事饮啖。"② **壮图**：壮志，宏伟的志向。晋·陆机《吊魏武帝文》："雄心摧于弱情，壮图终于哀志。"③ **磬声**：击磬的声音。《礼记·乐记》："君子听磬声，则思死封疆之臣。"后指代将帅。《宋书·索虏传》："是以分命吾等磬声之臣，助难当报复。"④ **塔**："佛塔"的简称。佛塔用以收藏舍利。引申指葬僧尼。这里代指坟墓。

〔释〕晚唐的政权以平息叛乱为主，战事频仍。诗人年迈，悔恨没有实现壮志。衰、谢，自对。"当何忏"与"惟应悔"为参差对。

八阵图①

杜甫

功盖三分国②,
名高八阵图。
江流石不转③,
遗恨失吞吴④。

〔注〕① **八阵图**:据《三国志·蜀志·诸葛亮传》载:"(亮)推演兵法,作八阵图。"杜甫在唐代宗大历元年(766)夏迁居夔州,夔州有武侯庙,江边有八阵图,传说为三国时诸葛亮在夔州江滩所设。② **盖**:超过,胜过。《庄子·应帝王》:"老聃曰:'明王之治,功盖天下而似不自己,化贷万物而民弗恃。'"《史记·秦始皇本纪》:"功盖五帝,泽及牛马。"**三分国**:指三国时魏、蜀、吴三国。③ **石不转**:指涨水时,八阵图的石块仍然不动。语出《诗经·邶风·柏舟》:"我心匪石,不可转也。"④ **失吞吴**:有不同理解,主要有两种:一说是蜀国吞并东吴没有成功;一说是蜀国的失败在于吞吴的错误。三国时,北魏强,东吴、西蜀弱。诸葛亮制定连吴抗魏战略。但刘备后期企图吞并东吴,导致失败,最后被晋所灭。

〔释〕此为咏史诗。既怀古又抒情,既赞美又惋惜。首联怀古赞美,尾联抒情惋惜。

平蕃曲三首①(之二)

刘长卿

渺渺戍烟孤②，

茫茫塞草枯③。

陇头那用闭④，

万里不防胡。

〔注〕① 蕃：通"番"。周代谓九州岛之外的夷服、镇服、蕃服。后泛指域外或外族。《周礼·秋官·大行人》："九州之外，谓之蕃国。"平蕃：平定域外或外族的反叛和入侵。② 渺渺：幽远，悠远。《管子·内业》："折折乎如在于侧，忽忽乎如将不得，渺渺乎如穷无极。"戍烟：边塞守军的炊烟。③ 茫茫：茂盛。《淮南子·俶真训》："不以曲故是非相尤，茫茫沉沉，是谓大治。"刘长卿《经漂母墓》诗："春草茫茫绿，王孙旧此游。"塞：指边界。《荀子·强国》："今秦……其在赵者剡然有苓而据松柏之塞。"④ 陇头：陇山。借指边塞。南朝·宋·陆凯《赠范晔》诗："折花逢驿使，寄与陇头人。"那：何。唐·李白《长干行》诗："那作商人妇，愁水复愁风。"

〔释〕孤，虞韵。首句入韵。

金吾子①

李 益

绣帐博山炉②,
银鞍冯子都③。
黄昏莫攀折④,
惊起欲栖乌⑤。

〔注〕① **金吾子**:对金吾官员表示尊敬的泛称。汉·辛延年《羽林郎》诗:"不意金吾子,娉婷过我庐。"**金吾**,古官名。负责皇帝大臣警卫、仪仗以及徼循京师、掌管治安的武职官员。其名称、体制、权限历代多有不同。汉有执金吾,唐宋以后有金吾卫、金吾将军、金吾校尉等。② **博山炉**:古香炉名。因炉盖上的造型似传闻中的海中名山博山而得名。一说像华山,因秦昭王与天神博于是,故名。后作为名贵香炉的代称。③ **冯子都**:人名。名殷,字子都,霍光管家奴。霍光执政时,冯子都因受霍光宠幸,常与计事,朝廷百官争与交结,卑身服事。霍光死,妻显寡居,常与之淫乱。④ **攀折**:折取。这里暗喻宿娼。⑤ **栖乌**:晚宿的归鸦。南朝·梁·王筠《和卫尉新渝侯巡城口号诗》:"闾阖暧已昏,钩陈杳将暮。栖乌城上返,晚雀林中度。"这里暗喻金吾子与霍光妻淫乱,借指金吾子生活淫荡。

〔释〕首句入韵。尾联上句第四字本该用仄声字,这里却用平声"攀"字,形成破仄句。

问刘十九[①]

白居易

绿蚁新醅酒[②],
红泥小火炉[③]。
晚来天欲雪,
能饮一杯无?

〔注〕① **刘十九**:人名。古时,宗族中同辈人按年龄排序,并以序号为名。② **绿蚁**:酒面上浮起的绿色泡沫。也借指酒。《文选·谢朓〈在郡卧病呈沈尚书诗〉》:"嘉鲂聊可荐,绿蚁方独持。"**醅**:未滤去糟的酒。也泛指酒。北魏·贾思勰《齐民要术·法酒》:"合醅饮者,不复封泥。"③ **红泥小火炉**:用红泥巴糊起来的火炉。这种火炉在20世纪70年代前,在我国农村习见。

〔释〕白居易擅长以日常生活入诗。此诗是邻里、熟人看到天要下雪,互邀小饮御寒,促膝聊天的生动写照。

八　齐

绝句六首（之一）
杜甫

日出篱东水，
云生舍北泥。
竹高鸣翡翠①，
沙僻舞鹍鸡②。

〔注〕① **翡翠**：鸟名。嘴长而直，生活在水边，吃鱼虾之类。羽毛有蓝、绿、赤、棕等色，可做装饰品。《逸周书·王会》："仓吾翡翠，翡翠者所以取羽。"《楚辞·招魂》："翡翠珠被，烂齐光些。"《异物志》云："翠鸟形如燕，赤而雄曰翡，青而雌曰翠。"② **鹍鸡**：鸟名。似鹤。《楚辞·九辩》："雁廱廱而南游兮，鹍鸡啁哳而悲鸣。"洪兴祖补注："鹍鸡似鹤，黄白色。"

〔释〕四句均写动景。首联写无生命的动景，尾联写有生命的鸟类动景。这是一幅久雨初晴的美景。太阳出现在篱笆墙的积水处，云的阴影出现在房舍北边的泥水中。因为久雨初晴，引起翡翠鸟歌唱、鹍鸡跳舞。

复愁十二首（之一）
杜 甫

人烟生僻处①，
虎迹过新蹄②。
野鹘翻窥草③，
村船逆上溪。

〔注〕① **生僻处**：这里指夔州瀼西，四川奉节瀼水西岸地。杜甫居夔州时曾迁居于此，有《瀼西寒望》诗："瞿塘春欲至，定卜瀼西居。"**僻处**，偏远的地方。《战国策·燕策一》："寡人蛮夷僻处，虽大男子，裁如婴儿。言不足以求正，谋不足以决事。"三国·魏·曹植《上责躬诗表》："至止之日，驰心辇毂，僻处西馆，未奉阙庭。"② **虎迹过新蹄**：据《水经注》记载，瀼西两岸石上自然形成虎迹，或深或浅。③ **鹘**：鸟类的一科。翅膀窄而尖，嘴短而宽，上嘴弯曲并有齿状突起。飞得很快，善于袭击其他鸟类。也叫隼。

〔释〕诗人记述自己生活在人烟稀少、虎狼出没、猛禽翻飞的偏僻之地，偶尔在溪中才能见到逆水而上的村船。愁苦之情不言而喻。

绝句三首(之二)
杜 甫

水槛温江口①,
茅堂石笋西②。
移船先主庙③,
洗药浣花溪④。

〔注〕① **水槛**:临水的栏杆。唐·杜甫《江上值水如海势聊短述》诗:"新添水槛供垂钓,故着浮槎替入舟。"**温江**:在成都西五十里。② **茅堂**:草盖的屋舍。语出汉·韦孟《在邹诗》:"爰戾于邹,鬋茅作堂。"唐·杜甫《郑驸马宅宴洞中》诗:"误疑茅堂过江麓,已入风磴霾云端。"**石笋**:街名,在成都西门外。③ **先主庙**:庙名,在成都西。**先主**,指三国时蜀国开国皇帝刘备。《三国志·蜀志·先主传》:"先主姓刘,讳备,字玄德。"④ **浣花溪**:一名濯锦江,又名百花潭。在四川省成都市西郊,为锦江支流。溪旁有唐代杜甫的故居浣花草堂。

〔释〕**口**,在这里指事物的部位,故可与下句的方位词"西"相对。

花　枕①

杨　凝

席上沉香枕②，
楼中荡子妻③。
那堪一夜里④，
长湿两行啼⑤。

〔注〕① **花枕**：绣花的枕头。南朝·梁·刘孝威《郫县遇见人织率尔寄妇》诗："梦啼渍花枕，觉泪湿罗巾。"隋·江总《宛转歌》："竞入华堂要花枕，争开羽帐奉华茵。"② **沉香**：也作"沈香"。香木名。产于亚热带，木质坚硬而重，黄色，有香味。心材为著名熏香料。③ **荡子**：指辞家远出、羁旅忘返的男子。《文选·古诗〈青青河畔草〉》："荡子行不归，空床难独守。"④ **那堪**：怎堪，怎能禁受。唐·李端《溪行遇雨寄柳中庸》诗："那堪两处宿，共听一声猿。"那，同"哪"。古常作平声字看待。⑤ **啼**：借指眼泪。唐·王昌龄《别李浦之京》诗："小弟邻庄尚渔猎，一封书寄数行啼。"

〔释〕末句照应首句，在枕上哭泣。

闺怨词三首①（之一）

白居易

朝憎莺百啭②，
夜妒燕双栖。
不惯经春别③，
唯知到晓啼。

〔注〕① **闺怨**：旧指少妇的哀怨之情。写此题材的诗称闺怨诗，也省称闺怨。**词**：文体名。古代乐府诗体的一种。② **百啭**：鸟的鸣声婉转多样。南朝·梁·刘孝绰《咏百舌》："孤鸣若无时，百啭似群吟。"唐·贾至《早朝大明宫呈两省僚友》诗："千条弱柳垂青琐，百啭流莺绕建章。"宋·王安石《独卧》诗之二："百啭黄鹂看不见，海棠无数出墙头。"**啭**，鸟鸣。③ **经春**：整个春天。

送春①

高骈

水浅鱼争跃,
花深鸟竞啼。
春光看欲尽,
判却醉如泥②。

〔注〕① 送春：送别春天。唐·白居易《送春归》诗："杜鹃花落子规啼,送春何处西江西。"② 判却：豁出,拼上。

〔释〕古诗文中,常把"看"字作平声字看待。

春山

司空图

可是武陵溪①,
春芳著路迷②。
花明催曙早,
云腻惹空低③。

〔注〕① **可是**：真是；实在是。**武陵溪**：即武陵源。晋·陶潜《桃花源记》载：晋武陵渔人误入桃花源，见屋舍、田园、道路等一切皆美。生物、男女老少怡然自乐。村人自称先世避秦时乱，率妻子邑人来此，遂与外界隔绝。后渔人复寻其处，"迷不复得"。后以"武陵源"借指避世隐居的地方。② **著**："着"的本字。应该；能够。③ **云腻**：指云层厚重。

〔释〕首句入韵。

九　佳

人日代客子①

张　继

人日兼春日②，
长怀复短怀③。
遥知双彩胜④，
并在一金钗⑤。

〔注〕① **人日**：旧俗以农历正月初七为人日。《太平御览》卷九七六引南朝·梁·宗懔《荆楚岁时记》："正月七日为人日。以七种菜为羹，剪彩为人或镂金箔为人，以贴屏风，亦戴之头鬓。又造华胜以相遗，登高赋诗。"② 原注："是日立春。"**春日**：这里指立春之日。③ **长怀**：遐想，悠思。汉·刘向《九叹·远逝》："情慨慨而长怀兮，信上皇而质正。"三国·魏·嵇康《秀才答》诗之四："感寤长怀，能不永思。"**短怀**：指短浅的思虑。亦用作谦辞。南朝·梁·沈约《夕行闻夜鹤》诗："抱局促之短怀，随冬春而哀乐。"④ **彩胜**：即幡胜。唐宋风俗，每逢立春日，剪纸或绸作幡戴在头上或系在花下，以庆祝春日来临。宋·苏轼《叶公秉王仲至见和次韵答之》："强镊霜须簪彩胜，苍颜得酒尚能韶。"⑤ **金钗**：妇女插于发髻的金制首饰，由两股合成。南朝·宋·鲍照《拟行路难》诗之九：

"还君金钗玳瑁簪,不忍见之益愁思。"唐·温庭筠《懊恼曲》:"两股金钗已相许,不令独作空成尘。"

〔释〕首联下句"长怀""短怀"的"长""短",自对。"怀"字,这里是动词,表示思、想。而"怀"字,本义是胸部、胸前。心脏在人胸部,故字从"心"。《诗经·小雅·谷风》:"将恐将惧,寘予于怀。"《论语·阳货》:"子生三年,然后免于父母之怀。"借义与"日"对。

秋 蛩①

雍裕之

雨绝苍苔地②,
月斜青草阶。
蛩鸣谁不怨,
况是正离怀③。

〔注〕① **秋蛩**：指蟋蟀。南朝·宋·鲍照《拟古》诗之七："秋蛩扶户吟，寒妇成夜织。"唐·孟郊《西斋养病夜怀多感》诗："一床空月色，四壁秋蛩声。"② **苍苔**：青色苔藓。晋·潘岳《河阳庭前安石榴赋》："壁衣苍苔，瓦被驳鲜，处悴而荣，在幽弥显。"唐·杜甫《醉时歌》："先生早赋《归去来》，石田茅屋荒苍苔。"③ **离怀**：离人的思绪，离别的情怀。唐·牟融《客中作》诗："异乡岁晚怅离怀，游子驱驰愧不才。"

〔释〕首联写连绵秋雨后天晴月朗的景色。久雨才造成"苍苔""青草"，天晴才有"月斜"。首联下句第一字本该用平声字，这里却用了仄声的"月"字，为避免失去平律，当句的第三字本该用仄声字，这里用平声"青"字重新组成平律（斜青—平平）。

十　灰

岭外守岁①

李福业

冬去更筹尽②，

春随斗柄回③。

寒暄一夜隔④，

客鬓两年催⑤。

〔注〕①《全唐诗》原注："一作李德裕诗。"**守岁**：阴历除夕终夜不睡，以迎候新年的到来，谓之守岁。此风俗由蜀地兴起。晋·周处《风土记》："蜀之风俗，晚岁相与馈问，谓之馈岁；酒食相邀为别岁；至除夕达旦不眠，谓之守岁。"唐·孟浩然《岁除夜有怀》诗："守岁家家应未卧，相思那得梦魂来。"② **更筹**：古代夜间报更用的计时竹签。南朝·梁·庾肩吾《奉和春夜应令》诗："烧香知夜漏，刻烛验更筹。"这里借指时间。③ **斗柄**：北斗柄。指北斗的第五至第七星，即衡、开泰、摇光。北斗，第一至第四星象斗，第五至第七星象柄。《国语·周语下》："日在析木之津，辰在斗柄。"④ **寒暄**：冷暖。这里犹指冬夏。指岁月。南朝·陈·徐陵《为贞阳侯答王太尉书》："自皇家祸乱，亟积寒暄，九州万国之人、蟠木流沙之地，莫不行号卧泣，想望休平。"⑤ **客鬓**：旅人的鬓发。唐·杜甫《早

花》诗:"直苦风尘暗,谁忧客鬓催。"这里为诗人自指。

〔释〕年复一年客居他乡,岁月催人老。标题标明"岭外",当为诗人在番禺时所作。故末句有"客鬓"之说。有人将此改为"容鬓",误。

流所赠张锡①

章玄同

黄叶因风下,
甘从洛浦隈②。
白云何所为③,
还出帝乡来④。

〔注〕① **张锡**:武则天时为凤阁侍郎、同凤阁鸾台平章事。张锡因罪贬循州,章玄同随贬。② **甘**:情愿,乐意。**洛浦**:洛水之滨。汉·张衡《思玄赋》:"载太华之玉女兮,召洛浦之宓妃。"**隈**:通"偎"。靠近,紧贴。唐·罗隐《春日叶秀才曲江》诗:"江花江草暖相隈,也向江边把酒杯。"③ **何所**:何处。《史记·孝武本纪》:"人皆以为不治产业而饶给,又不知其何所人。"④ **帝乡**:本指天宫、仙乡。《庄子·天地》:"千岁厌世,去而上仙;乘彼白云,至于帝乡。"后指京城、皇帝居住的地方。唐·杜甫《承闻河北诸道节度入朝欢喜口号》诗:"衣冠是日朝天子,草奏何时入帝乡。"

〔释〕此为隔句对:"白云何所为"对"黄叶因风下","甘从洛浦隈"对"还出帝乡来"。

答太常靳博士见赠一绝[①]

张九龄

上苑春先入[②],

中园花尽开[③]。

唯馀幽径草[④],

尚待日光催。

〔注〕① **太常**:官名。秦置奉常,汉景帝六年更名太常,掌宗庙礼仪,兼掌选试博士。历代因之,则为专掌祭祀礼乐之官。北魏称太常卿,北齐称太常寺卿,北周称大宗伯,隋至清皆称太常寺卿。② **上苑**:皇家的园林。南朝·梁·徐君倩《落日看还》诗:"妖姬竞早春,上苑逐名辰。"③ **中园**:园中。晋·张华《三月三日后园会》诗:"顺时省物,言观中园。"④ **幽径**:僻静的小路。唐·王绩《赠李征君大寿》诗:"灞陵幽径近,磻溪隐路长。"

〔释〕尾联表达了诗人希望得到更多皇恩的关爱。尾联为借义对:草,这里为名词。但它也作动词用,意为割草、除草。《礼记·祭统》:"未发秋政,则民弗敢草也。"这样,"催"就能与"草"相对了。

山中戏问韦侍御①
白居易

我抱栖云志②,
君怀济世才③。
常吟反招隐④,
那得入山来⑤?

〔注〕① **侍御**:唐代称殿中侍御史、监察御史为侍御。后世因沿袭此称。② **栖云**:栖于云雾中。指生活于高山。后指隐遁。《宋史·聂冠卿传》:"公先世饵霞栖云,高尚不仕。"③ **济世**:救世,济助世人。《庄子·庚桑楚》:"简发而栉,数米而炊,窃窃乎又何足以济世哉?"④ **反招隐**:指反招隐诗。它是隐逸诗的一个分支。源于东晋王康琚的《反招隐诗》。**招隐**,征召隐居者出仕。这里指招人归隐。唐·骆宾王《酬思玄上人林泉》诗:"闻君招隐地,髣髴武陵春。"⑤ **那得**:怎得,怎会,怎能。

〔释〕尾联为参差对:"来"对"招","山"对"隐"。"山"对"隐"也为借义对。**隐**,既是一个动词,也可作名词用,指隐居的人。北齐·颜之推《颜氏家训·归心》:"儒有不屈王侯高尚其事,隐有让王辞相避世山林。"第三句为破仄句。

酬相公再游云门寺①
徐 凝

远羡五云路②,
逶迤千骑回③。
遗簪唯一去④,
贵赏不重来。

〔注〕① 酬：诗文赠答。唐·李群玉《洞庭驿楼雪夜燕集奉赠前湘州张员外》诗："掷笔落郢曲，巴人不能酬。"**相公**：旧时对宰相的敬称。也泛称官吏。② **五云**：本指青、白、赤、黑、黄五种云色。古人视云色占吉凶丰歉。《周礼·春官·保章氏》："以五云之物，辨吉凶、水旱降、丰荒之祲象。"这里指皇帝所在地。唐·王建《赠郭将军》诗："承恩新拜上将军，当值巡更近五云。"③ **逶迤**：曲折行进的样子。《楚辞·远游》："方蟉虬象并出进兮，形蟉虬而逶蛇。"蛇，一本作"迤"。这里状写千骑之盛。④ **遗簪**：孔子出游，遇一妇人失落簪子而哀哭。孔子弟子劝慰她，妇人曰："非伤亡簪也，吾所以悲者，盖不忘故也。"事见《韩诗外传》卷九。后以"遗簪"比喻旧物或故情。唐·李峤《答李清河书》："兄仁及遗簪，礼缛追赗，千古之下，凛然而高。"这里指卸去簪缨。意为挂冠辞官。元·袁桷《次韵杂诗》之五："遗簪隐世德，忍垢躬灌园。"

〔释〕首联为借义对：**路**，一般作名词，也可作动词用。指途经、经过。《楚辞·离骚》:"路不周以左转兮,指西海以为期。"这样借义就与动词"回"相对了。又:**逶迤**,单纯词。单字"迤",是一个广泛运用的动词。指斜行、水曲折而流、地势斜着延伸、斜倚,等等。这样借义就与动词"羡"相对了。首联上句第三字本该用平声字,这里却用了仄声"五"字,形成破平句,下句第三字本应用仄声字,现改用平声"千"字补偿。

龙丘途中二首[①]（之一）
杜 牧

汉苑残花别[②]，
吴江盛夏来[③]。
唯看万树合[④]，
不见一枝开。

〔注〕①《全唐诗》题注："一作李商隐诗。"② **汉苑**：汉家林苑。③ **吴江**：吴淞江的别称。《国语·越语上》："三江环之。"三国·吴·韦昭注："三江：吴江、钱唐江、浦阳江。"④ **看**：古诗中常作平声字。**合**：闭；合拢。《山海经·大荒西经》："西北海之外，大荒之隅，有山而不合，名曰不周负子。"

〔释〕盛夏万树枝叶茂盛，但再也见不到花开了。每句都用单字动词结句。

古碑

姚合

荒田一片石①,
文字满青苔②。
不是逢闲客,
何人肯读来。

〔注〕① **片石**:孤石,一块石头。这里指石碑。宋·周密《癸辛杂识别集·汴梁杂事》:"先圣先师各有片石镌宋初名臣所为赞。"② **青苔**:苔藓。《淮南子·泰族训》:"穷谷之污,生以青苔。"高诱注:"青苔,水垢也。"

〔释〕古墓中的主人,在世时可能风光一时,后人将其事迹镌刻在墓碑上。时间久了,长满青苔,无人理会。只有那些无所事事的"闲客"偶尔光顾,读读碑文,消遣消遣。如此景象令人无限感慨。首联下句"文""字",自对。尾联为参差对:"何人"对"闲客","读来"对"不是"。

即事九首(之九)

司空图

幽鸟穿篱去,∨
邻翁采药回。∧
云从潭底出,∨
花向佛前开。∧

〔释〕全诗大白话,又能做到前后两联对仗。四句均用单字动词结句,且两两词义相反或相近。

渡 江

司空图

秋江共僧渡,
乡泪滴船回。
一夜吴船梦,
家书立马开①。

〔注〕① **家书**:家人来往的书信。唐·杜甫《春望》诗:"烽火连三月,家书抵万金。"**立马**:本指驻马。后指立刻。

〔释〕尾联为参差对:"家书"对"吴船","立马"对"一夜"。"一夜吴船梦",即"吴船一夜梦",因为要合乎平仄,所以说成"一夜吴船梦"。**一夜**、**立马**,都是表示时间的词语,故可对。司空图是山西运城人,诗中写的是秋天在吴地渡江,故有"乡泪"之说。首联上句第四字本该用仄声字,现用平声"僧"字,形成破仄句。

赐齐州李希遇诗①

吕洞宾

少饮欺心酒②,
休贪不义财③。
福因慈善得④,
祸向巧奸来⑤。

〔注〕① **齐州**：今山东省济南市。**李希遇**：人名,未详。② **欺心**：自己欺骗自己,昧心。唐·韩愈《通解》："今之人行不出乎中人,而耻乎力一行为独行,且曰：'我通同如圣人。'彼其欺心邪？吾不知矣。"③ **不义**：不合乎道义。《国语·周语中》："佻天不祥,乘人不义。"《史记·汲郑列传》："天子置公卿辅弼之臣,宁从谀承意,陷主于不义乎？"④ **慈善**：仁慈,富有同情心。《魏书·崔光传》："光宽和慈善,不忤于物,进退沉浮,自得而已。"⑤ **巧奸**：即"奸巧"。奸诈。《管子·治国》："民作一则田垦,奸巧不生。"《墨子·尚同下》："小人见奸巧,乃闻不言也,发罪钧。"

〔释〕口语入诗。欺心酒、不义财,正是祸起的根源。

梅湾

顾况

白石盘盘磴①,
清香树树梅。
山深不吟赏②,
辜负委苍苔③。

〔注〕① **盘盘**：曲折回绕的样子。唐·李白《蜀道难》诗："青泥何盘盘,百步九折萦岩峦。"**磴**：石台阶。北周·庾信《和从驾登云居寺塔》："重峦千仞塔,危磴九层台。"② **吟赏**：吟咏欣赏。③ **辜负委苍苔**，确实辜负苍苔。**辜负**，亏负,对不住。**委**,确实。宋·苏轼《论给田募役状》："委是良田,方得收买。"

〔释〕**吟**：《广韵》有两读：鱼金切,平声；宜禁切,去声。这里作仄声看待。尾联为参差对："辜负"对"吟赏"，"苔"对"山"，"苍"对"深"。

春闺思①

王涯

雪尽萱抽叶②,
风轻水变苔③。
玉关音信断④,
又见发庭梅。

〔注〕① **春闺**：女子的闺房。也指闺中的女子。南朝·梁·简文帝《和湘东王名士悦倾城》诗："非怜江浦佩,羞使春闺空。"② **萱**：萱草。古人以为萱草可以使人忘忧,故又称忘忧草。《文选·谢灵运〈西陵遇风献康乐〉诗》："积愤成疢痗,无萱将如何。"③ **水变苔**：指苔藓开始在水里生长。苔,生长在水中或阴暗潮湿地方的一种植物。④ **玉关**：即玉门关。汉武帝时设置的我国西部重要关隘。北周·庾信《竹杖赋》："玉关寄书,章台留钏。"唐·李白《王昭君》诗之一："一上玉关道,天涯去不归。"

〔释〕春闺思征夫,年复一年,玉关音信全无。

十一真

赠李十四四首(之三)
王 勃

乱竹深三径①，
飞花满四邻②。
从来杨子宅③，
别有尚玄人④。

〔注〕① **三径**：晋·赵岐《三辅决录·逃名》："蒋诩归乡里，荆棘塞门，舍中有三径，不出，唯求仲、羊仲从之游。"后因以"三径"指归隐者的家园。晋·陶潜《归去来辞》："三径就荒，松竹犹存。" ② **四邻**：这里指周围。唐·裴度《夏日对雨》诗："吟罢清风起，荷香满四邻。" ③ **杨子**：指西汉时的扬雄。晋·左思《咏史》之四："寂寂杨子宅，门无卿相舆。" ④ **尚玄**：崇尚黑色。这里指不求仕进。古代老百姓头戴黑巾，谓之"黔首"。**玄**，赤黑色。后多用以指黑色。《诗经·豳风·七月》："载玄载黄，我朱孔阳。"

〔释〕前两句极写居所的荒芜，表现往来人员稀少，自甘寂寞如此。尾联上句的"杨子"指扬雄，"杨"通"扬"。"扬"为动词，故可与下句动词"尚"对仗。

逢雪宿芙蓉山

刘长卿

日暮苍山远,
天寒白屋贫①。
柴门闻犬吠,
风雪夜归人。

〔注〕① **白屋**:指不施彩色、露出木材的房屋。一说,指以白茅覆盖的房屋。为古代平民所居。《尸子·君治》:"人之言君天下者瑶台九累,而尧白屋。"《汉书·王莽传上》:"开门延士,下及白屋。"颜师古注:"白屋,谓庶人以白茅覆屋者也。"

〔释〕尾联"归"对"吠","人"对"犬",为参差对。又为借义对:闻,这里为动词,指听到。但它也可作名词用,指听到的事、知识、见闻、消息。《论语·季氏》:"友直,友谅,友多闻,益矣。"故可与"夜"对。日暮途穷,风雪交加,旅行苦不堪言,幸有白屋寄宿,苦中有乐,聊以自慰。

紫藤树

李白

紫藤挂云木①,
花蔓宜阳春②。
密叶隐歌鸟,
香风留美人。

〔注〕① **紫藤**：木名。蔓生木本，茎缠绕他物，花紫色蝶形，可供观赏。**云木**：高耸入云的树木。唐·陈子昂《春台引》："何云木之英丽，而池馆之崇幽。"② **花蔓**：承载花的枝。紫藤花成花束状，多个花朵开在同一条枝上，故称之为花蔓。

〔释〕各句中间均用动词，表明其前后两种事物之间的关系。"云木"是紫藤高挂的依靠；"阳春"是"花蔓"繁茂的条件；"密叶"是"歌鸟"隐藏的条件；"香风"是"美人"逗留的原因。同时，首联又是下联的前提条件。"紫藤"不高挂，难有"歌鸟""隐"；"花蔓"不繁茂，难有迷人的"香风"，"留"不住"美人"。首联上句第一字本该用平声字，这里却用了仄声"紫"字；第四字本该用仄声字，现用平声"云"字。形成了既破平又破仄。为补救破平，下句第一字改用平声"花"字。尾联上句第三字本该用平声字，现在用仄声"隐"字。为补救，下句第三字改用平声"留"字。

咏汉高祖[①]
于季子

百战方夷项[②],

三章且代秦[③]。

功归萧相国[④],

气尽戚夫人[⑤]。

〔注〕① **汉高祖**：指汉朝开国皇帝刘邦。秦末农民起义，刘邦集合三千子弟响应起义。秦亡后，与项羽争天下，经过四年无数次战斗，建立了汉朝。② **夷**：讨平。《逸周书·明堂》："是以周公相武王伐纣，夷定天下。"**项**：指项羽。③ **三章且代秦**：公元前206年，刘邦领军进驻霸上，秦王子婴向刘邦投降，秦朝灭亡。刘邦废秦苛法，与关中父老约法三章，取代秦朝的统治。④ **萧相国**：指萧何。他在沛县起事时就拥戴刘邦；攻克咸阳后，他接收了秦丞相、御史府所藏的律令、图书，掌握了全国的山川险要、郡县户口，对日后制定政策和取得楚汉战争胜利起了重要作用；楚汉战争时，他作为丞相留守关中，使关中成为汉军的巩固后方；刘邦建立汉朝后，他协助刘邦铲除异姓王。刘邦在讨论功臣大小时，认为有战功的人为"功狗"，唯独萧何为"功人"，可谓功勋卓著。⑤ **戚夫人**：刘邦的宠姬，生下赵隐王刘如意，想要刘邦废掉吕后之子的太子之位，改立刘如意为太子，后遭大臣们反对，没有成功。刘邦死后，吕

后将其虐杀。故称"气尽"。

〔释〕此为咏历史人物诗。仍以事实说话,不作断语。作为历史经验的总结,其中"三章且代秦",从制度优劣方面评价秦汉成败,切中要害。

咏项羽[①]

于季子

北伐虽全赵[②],
东归不王秦[③]。
空歌拔山力[④],
羞作渡江人[⑤]。

〔注〕① **项羽**:早年跟随叔父项梁起义反秦,项梁阵亡后他率军渡河救赵王歇,于巨鹿之战击破章邯、王离领导的秦军主力。秦亡后称西楚霸王,定都彭城(今江苏徐州),实行分封制,封灭秦功臣及六国贵族为王。楚汉战争中,虽然屡屡大破刘邦,但始终无法有固定的后方补给,最后反被刘邦所灭。② **北伐虽全赵**:指项羽率军渡河救赵王歇之事。③ **东归不王秦**:指秦亡后,项羽有机会统一全国,但他实行分封制,封灭秦功臣及六国贵族为王。王,统治,称王。《诗经·大雅·皇矣》:"王此大邦,克顺克比。"④ **空歌拔山力**:指项羽败亡前夕吟唱了一首《垓下歌》,抒发他在汉军的重重包围之中那种充满怨愤和无可奈何的心情。其首句为"力拔山兮气盖世"。⑤ **羞作渡江人**:指项羽垓下战败一路逃到乌江,遇见乌江亭长,亭长劝项羽可以回到江东以图东山再起,但项羽以无颜见江东父老为由拒绝,自刎而死。

〔释〕此为咏历史人物诗,与《咏汉高祖》为姊妹篇。全诗以事实说话,对项羽的失败多有批评。尾联上句第四字本该用仄声字,现用平声"山"字,形成破仄句。

勤政楼西老柳[①]

白居易

半朽临风树,
多情立马人[②]。
开元一株柳[③],
长庆二年春[④]。

〔注〕① **勤政楼**:唐代著名建筑,因楼额题有"勤政务本之楼"而得名。② **立马人**:诗人自指。③ **开元**:唐玄宗李隆基的年号(713—741)。据《唐会要》记载,开元二年七月始建勤政楼。④ **长庆**:唐穆宗李恒的年号(821—824)。

〔释〕自开元二年至长庆二年,前后越百年。开元之柳,长庆之人,阅尽沧桑。尾联上句第四字本该用仄声字,现用平声"株"字,形成破仄句。

和游房公旧竹亭闻琴绝句①
刘禹锡

尚有竹间路,
永无綦下尘②。
一闻流水曲③,
重忆餐霞人④。

〔注〕① 和:以诗歌酬答;依照别人诗词的题材和体裁作诗词。② 綦下:一种用鞋带从鞋底左右绕系使不脱落的麻鞋。③ 流水曲:即高山流水曲。高山流水,《列子·汤问》:"伯牙善鼓琴,钟子期善听。伯牙鼓琴,志在高山。钟子期曰:'善哉!峨峨兮若泰山!'志在流水。钟子期曰:'善哉!洋洋兮若江河!'"后以"高山流水"为知音相赏或知音难遇之典,或比喻乐典高妙。④ 餐霞人:得道成仙的人。《文选·颜延之〈五君咏·嵇中散〉》:"中散不偶世,本自餐霞人。"餐霞,餐食日霞。指修仙学道。语出《汉书·司马相如传下》:"呼吸沆瀣兮餐朝霞。"

〔释〕首联上句第三字本该用平声字,现用仄声"竹"字,形成破平句。为补救,下句第三字改用平声"綦"字。也使其下句形成新的平律。

对 酒①

陆龟蒙

后代称欢伯②,
前贤号圣人③。
且须谋日富④,
不要道家贫⑤。

〔注〕① **对酒**:面对着酒。三国·魏·曹操《短歌行》:"对酒当歌,人生几何?"三国·魏·阮籍《咏怀》诗之六四:"对酒不能言,凄怆怀酸辛。"《北史·李孝贞传》:"每暇日,辄引宾客,弦歌对酒,终日为欢。"② **欢伯**:酒的别名。汉·焦赣《易林·坎之兑》:"酒为欢伯,除忧来乐。"③ **圣人**:清酒的别称。也指酒之清者。《太平御览》卷八四四引三国·魏·鱼豢《魏略》:"太祖时禁酒,而人窃饮之,故难言酒,以白酒为贤人,清酒为圣人。"④ **日富**:日益富有。《诗经·小雅·小宛》:"彼昏不知,壹醉日富。"郑玄笺:"童昏无知之人饮酒一醉,自谓日益富,夸淫自恣,以财骄人。"后以"日富"比喻醉酒。⑤ **道**:诉说,讲述。《诗经·墉风·墙有茨》:"中冓之言,不可道也。"

〔释〕四句中三句用了有关酒的典故。

漫题三首① (之二)
司空图

齿落伤情久②,
心惊健忘频。
蜗庐经岁客③,
蚕市异乡人④。

〔注〕① **漫题**：信手书写的文字。② **伤情**：伤感。汉·班彪《北征赋》："日晻晻其将暮兮，睹牛羊之下来；寤旷怨之伤情兮，哀诗人之叹时。"唐·元稹《寄乐天》诗："闲夜思君坐到明，追寻往事倍伤情。"③ **蜗庐**：即蜗牛庐。形状圆似蜗牛的简易庐舍。泛指简陋的房屋。常用以谦称自己的居处。《三国志·魏志·管宁传》"尺牍之迹，动见模楷焉"裴松之注引三国·魏·鱼豢《魏略》："先等作圜舍，形如蜗牛蔽，故谓之蜗牛庐。"《北齐书·蔡儁传》："高祖客其舍，初居处于蜗牛庐中，苍鹰母数见庐上赤气属天。"**经岁**：指时间长达一年以上。④ **蚕市**：买卖蚕具的集市。**异乡**：他乡，外地。南朝·宋·鲍照《东门行》："一息不相知，何况异乡别。"

〔释〕客居他乡，年迈体衰，难免不伤情。

题户诗①

唐末僧

枕有思乡泪，
门无问疾人。
尘埋床下履②，
风动架头巾。

〔注〕① **题户诗**：写在门上的诗。**户**，单扇门。泛指门户。《诗经·唐风·绸缪》："绸缪束楚，三星在户。"② **履**：鞋。《庄子·山木》："庄子衣大布而补之，正纍系履而过魏王。"

〔释〕病魔缠身，房屋破败漏风，终日卧床不起，生活无人料理，一个孤苦伶仃的外乡人形象跃然纸上。

昭君怨三首① (之一)
东方虬

汉道方全盛②，
朝廷足武臣③。
何须薄命妾④，
辛苦事和亲⑤。

〔注〕① **昭君怨**：琴曲名。相传为汉代王昭君嫁于匈奴后所作。《乐府诗集·琴曲歌辞三·昭君怨》郭茂倩题解引《乐府解题》："昭君恨帝始不见遇，乃作怨思之歌。" **昭君**，汉代南郡秭归（今属湖北省）人，名嫱，字昭君。元帝宫人。汉元帝竟宁元年，匈奴呼韩邪单于入朝，求美人为阏氏，以结和亲，她自请嫁匈奴。入匈奴后，被称为宁胡阏氏。生一男。呼韩邪死，其前阏氏子代立，复为后单于的阏氏。生二女。卒葬于匈奴。现内蒙古呼和浩特市南有昭君墓，世称青冢。她的故事成为后来诗词、戏曲、小说、说唱等的流行题材。② **汉道**：汉代的道统、国运。《汉书·翼奉传》："今汉道未终，陛下本而始之，于以永世延祚，不亦优乎？"南朝·宋·颜延之《赭白马赋》："汉道亨而天骥呈才，魏德懋而泽马效质。"③ **足**：多。④ **薄命**：命运不好，福分差。《汉书·外戚传下·孝成许皇后》："妾薄命，端遇竟宁前。"⑤ **和亲**：指封建王朝利用婚姻关系与边疆各族统治者结亲和好。《史

记·刘敬叔孙通列传》:"(高祖)取家人子名为长公主,妻单于。使刘敬往结和亲约。"唐·苏郁《咏和亲》:"君王莫信和亲策,生得胡雏虏更多。"

〔释〕诗人以昭君的口吻写和亲之苦。

十二文

山夜调琴

王绩

促轸乘明月①,
抽弦对白云②。
从来山水韵③,
不使俗人闻。

〔注〕① 促轸：旋紧调弦的轴。轸，弦乐器上调弦的轴。唐·李嘉佑《送兖州杜别驾之任》诗："停车邀别乘，促轸奏胡筘。" ② **抽弦**：泛指弹奏。弹奏时，以手指或鹿骨爪拨弄琴弦；缓拨叫"抽弦"，急拨叫"促柱"。③ **山水韵**：指高妙的琴曲。唐·吕温《奉和张舍人阁中直夜思闻雅琴因书事通简僚友》诗："忆尔山水韵，起予仁智心。"

〔释〕尾联为借义对：闻，这里为动词，意为听。但它也可作名词，表示知识、见闻、消息等，故可与名词"韵"相对。

在荆州重赴岭南

宋之问

梦泽三秋日①,
苍梧一片云②。
还将鹓鹭羽③,
重入鹧鸪群④。

〔注〕① **梦泽**:即云梦泽。汉魏之前所指云梦范围并不很大,晋以后的经学家才将云梦泽的范围越说越广,把洞庭湖都包括在内。唐·李白《〈大猎赋〉序》:"楚国不过千里,梦泽居其大半。"三秋:这里指秋季。晋·陶潜《闲情赋》:"愿在莞而为席,安弱体于三秋。"② **苍梧**:古地区名。今湖南九嶷山以南广西贺江、桂江、郁江区域。③ **鹓鹭**:鹓和鹭飞行有序,比喻班行有序的朝官。这里比喻有才德者。《北齐书·文苑传序》:"于是辞人才子,波骇云属,振鹓鹭之羽仪,纵雕龙之符采。"鹓,古代汉族传说中类似凤凰的鸟。④ **鹧鸪**:鸟名。体形似鸡而比鸡小,羽毛大多黑白相杂,尤以背上和胸、腹等部的眼状白斑更为显著。

〔释〕这是诗人被贬泷州(今广东罗定县)时之作,故有"还将鹓鹭羽,重入鹧鸪群"之语。

幽居作
李端

山舍千年树[①],
江亭万里云。
回潮迎伍相[②],
骤雨送湘君[③]。

〔注〕① **山舍**：山中的房舍。《南齐书·高逸传·杜京产》："京产请瓛至山舍讲书，倾资供待。"唐·李商隐《题李上謩壁》诗："江庭犹近别，山舍得幽期。"② **伍相**：指伍子胥。曾为吴国大夫，因攻打楚国有功，又因吴王阖闾与越王勾践大战，伤重不治，死前嘱子夫差，勿忘杀父之仇。并托伍氏辅佐少君，封他最高爵位，称相国公。**回潮**：本指潮水倒流。这里指"伍胥潮"。伍子胥被伯嚭谗言所害，抛尸江中。语出《吴越春秋·夫差内传》："吴王乃取子胥尸，盛以鸱夷之器，投之于江中……子胥因随流扬波，依潮来往，荡激崩岸。"后因以"伍胥潮"谓怒潮。③ **骤雨送湘君**：语出《山海经·中山经》："洞庭之山……帝之二女居之，是常游于江渊。……出入必以飘风暴雨。"**骤雨**，暴雨。《老子》："骤雨不终日。"**湘君**，尧之次女，舜妃。《史记·秦始皇本纪》："上问博士曰：'湘君何神？'博士对曰：'闻之，尧女舜之妻而葬此。'"

和晋公三首[①]（之二）

李 绅

貂蝉公独步[②],
鸳鹭我同群[③]。
插羽先飞酒[④],
交锋便著文[⑤]。

〔注〕① 晋公：指唐朝宰相裴度。他被封为晋国公，故称其为"裴晋公"。② 貂蝉：貂尾和附蝉，古代为侍中、常侍等贵近之臣的冠饰。借指侍中、常侍之官。也泛指显贵的大臣。《汉书·刘向传》："今王氏一姓乘朱轮华毂者二十三人，青紫貂蝉，充盈幄内。"唐·崔颢《奉和许给事夜直简诸公》："宠列貂蝉位，恩深侍从年。"③ 鸳鹭：鸳鸯和鹭鸶。这里比喻朝臣。唐·钱起《陪南省诸公宴殿中李监宅》诗："壶觞开雅宴，鸳鹭眷相随。"④ 插羽：古代军书插羽毛以示迅急。南朝·梁·刘勰《文心雕龙·檄移》："植义扬辞，务在刚健；插羽以示迅，不可使辞缓；露板以宣众，不可使义隐。"飞酒：诗酒之会。⑤ 交锋：本指锋刃相接，指双方交战。这里指互相争论。

〔释〕首联交代诗人与裴度之间的关系，尾联写二人之交往。

微雨

李商隐

初随林霭动①,
稍共夜凉分。
窗迥侵灯冷②,
庭虚近水闻③。

〔注〕① **林霭**:林中的云气。唐·陆海《题龙门寺》诗:"窗灯林霭里,闻磬水声中。"唐·郑良士《游九鲤湖》诗:"仄径倾崖不可通,湖岚林霭共溟蒙。"② **窗迥侵灯冷**:人离窗户虽有一段距离,仍然感觉到夜凉。迥,遥远,僻远。汉·班彪《北征赋》:"野萧条以莽荡,迥千里而无家。"③ **庭虚近水闻**:空旷的庭院能听到近处的流水声。虚,空无所有,与"实"相对。《易经·归妹》:"上六无实,承虚筐也。"《史记·老子韩非列传》:"良贾深藏若虚,君子盛德容貌若愚。"

〔释〕诗人先写雨初下时的云气形态,接着写诗人对雨的感受——"凉""冷",再写雨声,循序渐进。尾联上句"冷",是"感到寒凉",下句"闻",是"听到声音",故可对。

留别四首[①]（之四）

唐彦谦

盐车淹素志[②]，
长坂入青云[③]。
老骥春风里[④]，
奔腾独异群[⑤]。

〔注〕① **留别**：多指以诗文作纪念赠给分别的人。唐·杜牧《赠张祜》诗："数篇留别我，羞杀李将军。"② **盐车**：运载盐的车子。《战国策·楚策四》："夫骥之齿至矣，服盐车而上太行。蹄申膝折，尾湛胕溃，漉汁洒地，白汗交流，中阪迁延，负辕不能上。伯乐遭之，下车攀而哭之，解纻衣以幂之。"后以"盐车"为典，多用于比喻贤才屈沉于天下。汉·贾谊《吊屈原文》："骥垂两耳，服盐车兮。" **素志**：平素的志愿。《三国志·魏志·荀彧传》："虽御难于外，乃心无不在王室，是将军匡天下之素志也。"③ **长坂**：犹高坡。汉·司马相如《哀二世赋》："登陂阤之长阪兮，坌入曾宫之嵯峨。"南朝·齐·陆厥《奉答内兄希叔》诗："骏足思长阪，柴车畏危辙。" **青云**：比喻远大的抱负和志向。《三国志·魏志·荀彧荀攸贾诩传论》"其良平之亚欤"南朝宋裴松之注："张子房青云之士，诚非陈平之伦。"④ **老骥**：年老的骏马。多比喻年老而壮志犹存之士。

唐·杜甫《赠韦左丞丈济》诗："老骥思千里，饥鹰待一呼。" **春风**：这里比喻皇上的恩泽。三国·魏·曹植《上责躬应诏诗表》："伏惟陛下德象天地，恩隆父母，施畅春风，泽如时雨。"⑤ **独异**：与众不同，标新立异。《楚辞·离骚》："民好恶其不同兮，惟此党人其独异。"

〔释〕"老骥春风里，奔腾独异群"成为后世赞美老当益壮的名句。

乞宽禅师瘿山罍[1]

李 益

石色凝秋藓[2],
峰形若夏云[3]。
谁留秦苑地[4],
好赠杏溪君[5]。

〔注〕① **乞**：求讨，索取。**瘿**：虫瘿。树木外部隆起如瘤者。北周·庾信《枯树赋》："载瘿衔瘤。"唐·杜甫《赠王二十四侍御契四十韵》诗："长歌敲柳瘿，小睡凭藤轮。"**山罍**：古代刻有山云图纹的盛酒的祭器。也称"山尊"。《礼记·明堂位》："山罍，夏后氏之尊也。"孔颖达疏："罍为云雷也，画为山云之形也。"② **石色凝秋藓**：(山罍)石色中呈现秋天的苔藓。**凝**，形成。《尚书·皋陶谟》："抚于五辰，庶绩其凝。"孔安国传："凝，成也。"③ **峰形若夏云**：(山罍)中山峰的形状犹如夏天的云彩。④ **秦苑地**：(山罍图案中有)秦国宫苑的图像。**秦苑**，古秦国宫苑。⑤ **杏溪君**：诗人自称。李益宅在兰陵坊杏溪园。

〔释〕全诗状写山罍的图纹。

酬裴相公见寄二绝[①]（之二）

白居易

一双垂翅鹤[②]，
数首解嘲文[③]。
总是迂闲物[④]，
争堪伴相君[⑤]？

〔注〕① **裴相公**：指宰相裴度。② **垂翅**：垂翼。《东观汉记·冯异传》："垂翅回溪，奋翼渑池，失之东隅，收之桑榆。"**垂翼**，《易经·明夷》："明夷于飞，垂其翼。"王弼注："怀惧而行，行不敢显，故曰垂其翼。"指鸟翅下垂不能高飞。后以"垂翼"比喻人受挫折，止息不前。北周·庾信《拟咏怀》之八："长坂初垂翼，鸿沟遂倒戈。"③ **解嘲**：因被人嘲笑而自作解释。④ **迂闲物**：迂腐无用之物。诗人自谦之词。⑤ **争堪**：不能够。**争**，相差；不够。唐·杜荀鹤《自遣》诗："百年身后一丘土，贫富高低争几多？"**相君**：对宰相的尊称。《史记·张仪列传》："仪贫无行，必此盗相君之璧。"这里指裴度。

退居漫题七首① (之五)

司空图

诗家通籍美②,
工部与司勋③。
高贾虽难敌④,
微官偶胜君⑤。

〔注〕① **退居**：退职家居。唐僖宗广明元年（880）冬，黄巢起义军攻下长安，司空图深感唐朝国运衰危，退居中条山王官谷。**漫题**：信手书写的文字。② **诗家**：诗人。唐·杜甫《哭李尚书》诗："史阁行人在，诗家秀句传。"**通籍**：指记名于门籍，可以进出宫门。《汉书·元帝纪》："令从官给事宫司马中者，得为大父母父母兄弟通籍。"颜师古注引应劭曰："籍者，为二尺竹牒，记其年纪名字物色，县（悬）之宫门，案省相应，乃得入也。"③ **工部**：古代官署名，这里指杜甫。他曾任检校工部员外郎。**司勋**：官名。《周礼》夏官之属，主管功赏之事。隋置司勋侍郎，属吏部。唐宋改为郎中。这里指崔颢，唐代诗人，曾为司勋员外郎。④ **高贾**：即高价。指声价高。贾，"价（價）"的古字。⑤ **微官**：小官。这里为诗人自称。

〔释〕诗人自觉其诗名不如杜甫、崔颢，但官位却比他们高。

十三元

送张十八归桐庐①

刘长卿

归人乘野艇②,
带月过江村。
正落寒潮水③,
相随夜到门。

〔注〕① **张十八**:未详。**桐庐**:今浙江省桐庐县。② **归人**:归来的人。晋·陶潜《和刘柴桑》诗:"荒涂无归人,时时见废墟。"**野艇**:指野船。唐·张志和《渔父》诗:"秋山入帘翠滴滴,野艇倚槛云依依。"③ **寒潮**:寒凉的潮水。唐·宋之问《夜渡吴松江怀古》诗:"寒潮顿觉满,暗浦稍将分。"

〔释〕诗人只写送人途中经过,似乎没有任何情感表达,一切都如此自然,没有任何客套话。"带月""寒潮""夜到门",表现送途遥远,一直将张十八送到家。感情如此真诚,犹如一家人。

绝句六首（之三）
杜 甫

凿井交棕叶①，
开渠断竹根②。
扁舟轻袅缆③，
小径曲通村。

〔注〕① **凿井交棕叶**：在棕叶下凿井。② **开渠断竹根**：在竹丛旁开渠，必然会截断竹根。③ **袅缆**：柔弱细长的系船的绳索。

〔释〕此诗是诗人在唐代宗广德二年（764）重归成都草堂所作。又开渠又凿井，看来诗人准备久住。前两句写村内景色，尾联写村外景色。尾联上句"袅"字有"缠绕"义，故与下句"通"相对。

退居漫题七首①（之四）
司空图

身外都无事，
山中久避喧。
破巢看乳燕②，
留果待啼猿。

〔注〕①**退居**：退职家居。详见前"十二文"的《退居漫题七首》（之五）注。② **看**：律诗中常作平声字看待。**乳燕**：雏燕。南朝·宋·鲍照《咏采桑》诗："乳燕逐草虫，巢蜂拾花萼。"唐·李贺《南园》诗之八："春水初生乳燕飞，黄蜂小尾扑花归。"

〔释〕诗人的"破巢""留果"行为，表现出一副老顽童神态。

同诸公有怀绝句
皇甫冉

旧国迷江树①,
他乡近海门②。
移家南渡久③,
童稚解方言④。

〔注〕① **旧国**：故乡。《庄子·则阳》："旧国旧都，望之畅然。"唐·李白《梁园吟》："洪波浩荡迷旧国，路远西归安可得？"**迷**：迷恋,沉迷。② **他乡**：异乡,家乡以外的地方。唐·杜甫《江亭王阆州筵饯萧遂州》诗："离亭非旧国,春色是他乡。"**海门**：海口。内河通海之处。唐·韦应物《赋得暮雨送李胄》诗："海门深不见,浦树远含滋。"③ **移家**：搬家,迁移住地。唐·白居易《移家》诗："移家入新宅,罢郡有馀赀。"**南渡**：犹南迁。晋元帝、宋高宗皆渡长江迁于南方建都,故史称南渡。唐·李白《金陵》诗之一："晋家南渡日,此地旧长安。"④ **童稚**：儿童,小孩。

〔释〕诗人出生于今江苏镇江,后避乱寓居今江苏宜兴,年老回到出生地。宜兴离海近,镇江在长江南岸,故有"迷江树""近海门"之说。尾联感叹离乡太久,回乡不辨方音,需要儿童帮助解说。

流夜郎题葵叶①

李 白

惭君能卫足②,

叹我远移根。

白日如分照③,

还归守故园④。

〔注〕① 唐肃宗乾元元年(758),诗人因参与永王李璘谋反作乱被流放至夜郎,此诗即作于此时。**夜郎**:汉时我国西南地区古国名。在今贵州省西北部及云南、四川二省部分地区。② **君**:这里指向日葵的叶子。**卫足**:《左传·成公十七年》:"仲尼曰:'鲍庄子之知不如葵,葵犹能卫其足。'"今人杨伯峻注:"古代以葵为蔬菜,不待其老便掐,而不伤其根,欲其再长嫩叶,故古诗云'采葵不伤根,伤根葵不生'。'不伤根'始合'卫其足'之意。"后因以"卫足"比喻自全或自卫。③ **白日**:比喻君主。《文选·宋玉〈九辩〉》:"去白日之昭昭兮,袭长夜之悠悠。"张铣注:"白日喻君,言放逐去君。"**分照**:(君主如果)分光与我。④ **故园**:旧家园,故乡。

〔释〕首联以葵与"我"相比,"我"不如葵。尾联表达了诗人悔罪之意。如果皇上分光与"我",让"我"赦罪而归,我将像葵叶护足那样静守故园。

离骚①

陆龟蒙

天问复招魂②,
无因彻帝阍③。
岂知千丽句④,
不敌一谗言⑤。

〔注〕① 离骚:指屈原所作《离骚》。《史记·屈原贾生列传》:"离骚者,犹离忧也……屈平之作《离骚》,盖自怨生也。"② 天问:《楚辞》篇名,屈原作。招魂:《楚辞》有《招魂》篇,一说宋玉"哀屈原魂魄放佚",因而作。但是多主张为屈原作。③ 无因彻帝阍:没有机会使当政者(楚怀王)明白。无因,没有机缘。《楚辞·远游》:"质菲薄而无因兮,焉托乘而上浮?"彻,明;显明。帝阍,古人想象中掌管天门的人。《楚辞·离骚》:"吾令帝阍开关兮,倚阊阖而望予。"王逸注:"帝,谓天帝也;阍,主门者。"④ 千丽句:指《离骚》。《离骚》多达一千多句。丽句,俪句,对偶的句子。也指妍丽华美的句子。⑤ 谗言:说坏话毁谤人。这里指楚怀王听信谗言,疏远屈原。

〔释〕首句入韵。"岂知千丽句,不敌一谗言。"既是对屈原人生悲剧的总结,也是诗人对世态的感悟。

钓叟

杜荀鹤

茅屋深湾里①,
钓船横竹门。
经营衣食外,
犹得弄儿孙。

〔注〕① **茅屋深湾里**:茅屋隐藏在水湾里面。**深**,隐藏。《周礼·考工记·梓人》:"必深其爪,出其目。"郑玄注:"深,犹藏也。"

〔释〕读此诗,让人想起柳宗元的《江雪》。"独钓寒江雪"的原因正是"经营衣食外,犹得弄儿孙"。中国人的传统,人生在世,既要养活自己,还要抚养儿孙。第二句第一字本该用平声字,这里用了仄声"钓"字,第三字本该用仄声字,现用一个平声"横"字,以形成新的平律。

十四寒

咏院中丛竹① （yǒng yuàn zhōng cóng zhú）

吕太一

擢擢当轩竹②，（zhuó zhuó dāng xuān zhú）
青青重岁寒③。（qīng qīng chóng suì hán）
心贞徒见赏④，（xīn zhēn tú jiàn shǎng）
箨小未成竿⑤。（tuò xiǎo wèi chéng gān）

〔注〕①《全唐诗》原注："太一拜监察御史里行，自负才华而不即真，因咏院中丛竹以寄意焉。"**里行**，官名。唐置，宋因之。皆非正官，也不规定员额。② **擢擢**：挺拔的样子。**轩**：窗户。三国·魏·阮籍《咏怀》之十九："开轩临四野，登高望所思。"③ **重岁**：次年。《管子·山国轨》："重岁丰年，五谷登。"④ **见赏**：赏识我；被赏识。唐·朱湾《筝柱子》诗："知音如见赏，雅调为君传。"⑤ **箨**：竹笋皮。包在新竹外面的皮叶，竹长成逐渐脱落。俗称笋壳。

〔释〕诗人感叹竹笋幼小不受人重视。**赏**，这里为动词，表示赏识。但"赏"字也可作名词，表示赏赐或奖给的财物。《荀子·不苟》："身之所短，上虽不知，不以取赏。"《后汉书·应劭传》："得赏既多，不肯去。"这里也为借义对。

赠吴生[1]

陆禹臣

露下瑶簪湿[2],
云生石室寒[3]。
星坛鸾鹤舞[4],
丹灶虎龙蟠[5]。

〔注〕① **吴生**：吴姓读书人。② **瑶簪**：玉簪。唐·杜牧《黄州准赦祭百神文》："瑶簪绣裾,千万侍女。酬以觥斝,助之歌舞。" ③ **石室**：这里指神仙洞府。汉·刘向《真君传》："赤松子者,神农时雨师也……数往昆仑山中,常止西王母石室中,随风雨上下。" ④ **星坛**：道士施法之坛。唐·牟融《寄羽士》诗："乐道无时忘鹤伴,谈玄何日到星坛。" ⑤ **丹灶虎龙蟠**：指道家炼丹炉中融化翻滚的药石。**丹灶**,炼丹用的炉灶。南朝·梁·江淹《别赋》："守丹灶而不顾,炼金鼎而方坚。"**虎龙**,亦作龙湖。道教语,指水火。唐·李咸用《送李尊师归临川》诗："尘外烟霞吟不尽,鼎中龙虎伏初驯。"**蟠**,盘曲；盘结。汉·扬雄《法言·问神》："龙蟠于泥,蚖其肆矣。"

〔释〕这首诗是道家夜间作法炼丹的生动写照。首联以"瑶簪湿""石室寒",极写道士深夜炼丹时间之久。

在军登城楼①

骆宾王

城上风威冷②,
江中水气寒。
戎衣何日定③,
歌舞入长安。

〔注〕① 徐敬业于光宅元年(684)九月以匡扶中宗复辟为理由在扬州起兵,反对武则天。十一月失败。此诗当作于是时。② **风威**:风的威力。南朝·宋·鲍照《芜城赋》:"棱棱霜气,蔌蔌风威。"③ **戎衣**:军服,战衣。《尚书·武成》:"一戎衣,天下大定。"

〔释〕徐敬业起兵反对武则天,天下响应,但没有趁势北上直取洛阳,而是南向攻取金陵,错失良机。与武则天持久作战,终因物资匮乏、士兵疲惫而失败。尾联即指这事。

题殿前桂叶

卢僎

桂树生南海①，
芳香隔楚山②。
今朝天上见③，
疑是月中攀④。

〔注〕① **桂树**：即木樨。常绿灌木或小乔木，叶椭圆形，花簇生于叶腋，黄色或黄白色，有极浓郁的香味。可制作香料。通称桂花。有金桂、银桂、四季桂等，原产我国，为珍贵的观赏芳香植物。**南海**：泛指南方之海。这里指南方。② **楚山**：这里指商山。在陕西省商县境。北魏·郦道元《水经注·丹水》："楚水注之，水源出上洛县西南楚山。昔四皓隐于楚山，即此山也。"③ **天上**：这里指皇宫。④ **月中攀**：即月中攀桂。**月中桂**，神话传说谓月中有桂树，高五百丈，下有一人，名吴刚，学仙有过，谪令常斫桂树，树创随合。事见《初学记》卷一引晋·虞喜《安天论》、唐·段成式《酉阳杂俎·天咫》。唐·李白《赠崔司户文昆季》诗："欲折月中桂，持为寒者薪。"后以为科举应试中试的典实。**攀桂**，攀援或攀折桂枝。唐·杜甫《八月十五日夜》诗之一："满目飞明镜，归心折大刀。转蓬行地远，攀桂仰天高。"集注引赵次公曰："言月中桂也。"

终南望余雪[①]

祖 咏

终南阴岭秀[②],

积雪浮云端。

林表明霁色[③],

城中增暮寒。

〔注〕① 此诗为祖咏应试之作。《唐诗纪事》卷二十:"有司试《终南山望余雪》,咏赋四句,即纳于有司。或诘之,曰:'意尽。'"终南:即终南山。秦岭主峰之一,在陕西省西安市南。② 阴岭:背阳的山岭。从西安城向南望去,只能看到终南山的北面的山岭。阴,水的南面或山的北面。《孟子·万章上》:"禹荐益于天,七年,禹崩,三年之丧毕,益避禹之子于箕山之阴。"③ 林表:林外。《文选·谢朓〈休沐重还丹阳道中〉》诗:"云端楚山见,林表吴岫微。"李善注:"表,犹外也。"霁色:雨雪后晴朗的天色。唐·元稹《饮致用神曲酒三十韵》诗:"雪映烟光薄,霜涵霁色泠。"

〔释〕首联写山高积雪不化,尾联写雪后天晴,至晚增寒。前有因,后有果。尾联上句第四字本该用平声字,这里却用了仄声"霁"字,形成破平句,于是下句第三字改用平声"增"字来补偿。

闺怨词三首① (之三)

白居易

关山征戍远②,
闺阁别离难③。
苦战应憔悴④,
寒衣不要宽⑤。

〔注〕① **闺怨词**：唐宋词的一个传统题材，用以表现妇女的生活和情感的。许多文人利用征妇对在沙场作战的丈夫的担心和思念这一心理，创作了许多闺怨词。闺怨，旧谓少妇的哀怨之情。写此题材的诗称闺怨诗，也省称闺怨。② **关山**：关隘山岭。《乐府诗集·横吹曲辞五·木兰诗一》："万里赴戎机，关山度若飞。"③ **闺阁**：本指内室小门。借指内室或妻室。唐·王昌龄《变行路难》诗："封侯取一战，岂复念闺阁。"④ **憔悴**：黄瘦；瘦损。《国语·吴语》："使吾甲兵钝弊，民日离落而日以憔悴，然后安受吾烬。"⑤ **寒衣**：御寒的衣服。在唐代，征夫的寒衣由所在家庭提供。

〔释〕诗中写闺阁的妇女为远征的亲人制作寒衣，不仅表现其思念心切，还从侧面反映戍边生活的艰苦卓绝。

十 五 删

偶书五首(之五)
司空图

掩谤知迎吠①，
欺心见强颜②。
有名人易困，
无契债难还③。

〔注〕① **掩谤**：止息诽谤。《左传·昭公二十七年》："戌也惑之：仁者，杀人以掩谤，犹弗为也。今吾子，杀人以兴谤，而弗图，不亦异乎！" **迎吠**：犬迎人而吠。《楚辞·九辩》："猛犬狺狺而迎吠兮，关梁闭而不通。"后以"迎吠"指奸邪。② **欺心**：自己欺骗自己，昧心。唐·韩愈《通解》："今之人行不出乎中人，而耻乎力一行为独行，且曰：'我通同如圣人。'彼其欺心邪？吾不知矣。" **见**："现"的古字。显现；显露。《易经·乾》："九二：见龙在田。" **强颜**：厚颜，不知羞耻。汉·司马迁《报任少卿书》："及以至是，言不辱者，所谓强颜耳，曷足贵乎？" ③ **无契债**：没有契约凭证的债务。**契**，符节、凭证、字据等信物。后泛指契约。

〔释〕句句都可成为人生警句。

乱后①

司空图

羽书传栈道②,
风火隔乡关③。
病眼那堪泣④,
伤心不到间⑤。

〔注〕① 乱后:指唐末黄巢起义。唐僖宗广明元年(880)冬,黄巢起义军攻下长安。② 羽书:犹羽檄。古代军事文书,插鸟羽以示紧急,必须迅速传递。汉·陆贾《楚汉春秋》:"黥布反,羽书至,上大怒。"栈道:在险绝处傍山架木而成的一种道路。《战国策·齐策六》:"(田单)为栈道木阁而迎王与后于城阳山中。"《史记·高祖本纪》:"楚与诸侯之慕从者数万人,从杜南入蚀中。去辄烧绝栈道,以备诸侯盗兵袭之,亦示项羽无东意。"③ 风火:风与火。《后汉书·皇甫嵩传》:"今贼依草结营,易为风火。若因夜纵烧,必大惊乱。"唐·韩愈《潮州祭神文》之五:"今兹无有水旱雷雨风火疾疫为灾,各宁厥宇,以供上役。"这里指战火、战事。隔乡关:指战火隔断与故乡的联系。乡关,指故乡。《陈书·徐陵传》:"萧轩靡御,王舫谁持?瞻望乡关,何心天地?"隋·孙万寿《早发扬州还望乡邑》诗:"乡关不再见,怅望穷此

晨。"唐·崔颢《黄鹤楼》诗:"日暮乡关何处是,烟波江上使人愁。"④ **那堪**:怎堪,怎能禁受。**那**,代词,表示疑问,后作"哪"。唐·李端《溪行遇雨寄柳中庸》诗:"那堪两处宿,共听一声猿。"⑤ **间**:指心间。

〔释〕**那**,在律诗中常作平声字看待。**泣**,这里为动词,哭泣。也可作名词,表示眼泪。汉·刘向《九叹·忧苦》:"涕流交集兮,泣下涟涟。"这里借"泣"的名词意义,形成与下句"间"的对仗,为借义对。

登岭望

许鼎

渺渺三江水①，
悠悠五岭关②。
雁飞犹不度③，
人去若为还？

〔注〕① **渺渺**：本作森森，形容水势浩大。南朝·梁·沈约《法王寺碑》："炎炎烈火,森森洪波。"**三江**：古代"三江"各有所指。这里指广东境内的西江、北江、东江。西江与东江、北江及珠江三角洲诸河合称珠江。② **悠悠**：连绵不断。晋·左思《吴都赋》："直冲涛而上濑,常沛沛以悠悠。"唐·温庭筠《梦江南》词："过尽千帆皆不是,斜晖脉脉水悠悠。"**五岭**：亦作"五领"。大庾岭、越城岭、骑田岭、萌渚岭、都庞岭的总称,位于江西、湖南、广东、广西四省之间,是长江与珠江流域的分水岭。《史记·张耳陈馀列传》："北有长城之役,南有五岭之戍。"③ **度**：通"渡"。过江湖。后泛指过、翻过。用于空间或时间。《史记·田儋列传》："汉将韩信已平赵燕,用蒯通计,度平原,袭破齐历下军,因入临淄。"这里指翻越（五岭）。

〔释〕各用一叠字就状写了"三江"水势之大,"五岭"山峦连绵不断。

独坐敬亭山①

李 白

众鸟高飞尽②,ⅴ
孤云独去闲③。∧
相看两不厌,
只有敬亭山。

〔注〕① **敬亭山**:山名。在安徽省宣州市北。一名昭亭山,又名查山。山上有敬亭,相传为南朝齐诗人谢朓赋诗之所,山以此名。② **高飞**:高高飞翔。《诗经·小雅·菀柳》:"有鸟高飞,亦傅于天。"③ **孤云**:单独飘浮的云片。

〔释〕鸟飞云去,只有山与我。我不厌山,山不厌我。晴空下的山,一览无余,任我细看。**看**,古读平声。

江中遇客①

张 说

危石江中起②,
孤云岭上还③。
相逢皆得意,
何处是乡关④?

〔注〕① 此诗一说是马戴所作。② **危石**：高大的岩石。《庄子·田子方》："尝与汝登高山,履危石,临百仞之渊,若能射乎?" ③ **孤云**：单独飘浮的云片。唐·李白《独坐敬亭山》诗："众鸟高飞尽,孤云独去闲。"④ **乡关**：犹故乡。《陈书·徐陵传》："萧轩靡御,王舫谁持？瞻望乡关,何心天地?"唐·崔颢《黄鹤楼》诗："日暮乡关何处是,烟波江上使人愁。"

〔释〕首联写江中遇客的环境,"危石""孤云"给人一种威压、忧思。下联笔锋一转,喜遇客人,转忧为喜。但毕竟不是家乡,又转喜为愁。情感一波三折。

地肺山春日①

温庭筠

冉冉花明岸②,
涓涓水绕山③。
几时抛俗事,
来共白云闲④。

〔注〕① **地肺山**：多个山名的别称，包括河南灵宝市枯枞山、商州上洛县商山和陕西秦岭的终南山。从后面"来共白云闲"看，当指商山。秦末有"四皓"入商山隐居。② **冉冉**：形容柔媚美好。**花明岸**：花将水岸照亮。**明**，照亮。动词。③ **涓涓**：细水缓流的样子。《荀子·法行》："《诗》曰：'涓涓源水，不壅不塞。'"④ **白云**：比喻归隐。晋·左思《招隐诗》之一："白云停阴冈，丹葩曜阳林。"南朝·梁·陶弘景《诏问山中何所有赋诗以答》："山中何所有？岭上多白云。只可自怡悦，不堪持寄君。"

下平声

一　先

秋浦歌十七首[①]（之十四）
李　白

炉火照天地，
红星乱紫烟[②]。
赧郎明月夜[③]，
歌曲动寒川[④]。

〔注〕① **秋浦**：古地名。唐天宝年间改州为郡，池州（今安徽省池州市）改名为秋浦郡。明嘉靖、万历《池州府志》《贵池县志》记载了李白游秋浦的过程和他的名作《秋浦歌十七首》。李白一生，酷爱名山秀川，曾于天宝、上元年间，先后五次到秋浦，足迹踏遍九华山和秋浦河、清溪河两岸，留下了几十首诗篇。《明一统志》："秋浦在（池州）府城西南八十里，长八十余里，阔三十里，四时景物，宛如潇湘、洞庭。"据《新唐书·地理志》记载，秋浦是唐代银和铜的产地。② **红星**：指炼铜炉中飞溅的火花。③ **赧郎明月夜**：炼铜工人的脸被炉火映红了，再为月夜增辉。**赧**，本指因羞愧而脸红。《说文·赤部》："赧，面惭而赤也。"这里指脸红。**明**，动词。点亮。

④ **歌曲**：指炼铜工人夜间劳动时的歌声。

〔释〕诗人给我们展示了一幅色调明亮、气氛热烈、歌声嘹亮的月夜冶炼场景。这在唐诗中是难得一见的对手工业劳动夜景的生动描绘。首联上句"天""地"自对，下句"红星""紫烟"自对。首联上句第三字本该用平声字，这里却用了仄声"照"字，形成破平句。下句第三字本该改用平声字补偿，但下句第三字仍用仄声"乱"字。王力在《诗词格律》中认为这是半拗，可救可不救。

题孟处士宅①

张　祜

高才何必贵②，
下位不妨贤③。
孟简虽持节④，
襄阳属浩然⑤。

〔注〕①《全唐诗》题注："处士，一作浩然。"② **高才**：指才智过人者。《孔丛子·答问》："夫圣人者，诚高材美称也。"唐·黄滔《和吴学士对春雪献韦令公次韵》："高才兴咏处，真宰答殊功。"**何必**：用反问的语气表示未必。唐·段成式《酉阳杂俎·语资》："公语参军尹孝逸曰：'昔季伦金谷山泉，何必踰此？'"③ **下位**：低下、卑贱的地位。《易经·乾》："是故居上位而不骄，在下位而不忧。"**不妨**：表示可以、无妨碍。北齐·颜之推《颜氏家训·风操》："世人或端坐奥室，不妨言笑，盛营甘美，厚供斋食。"④ **孟简**：字几道，著名水利专家。祖籍汝州梁县，后寓居吴中，为吴中人所称美。《旧唐书·孟简传》："（元和十三年）出为襄州刺史、山南东道节度使。"山南东道，治所设于襄州。**持节**：古代使臣奉命出行，必执符节以为凭证。《史记·张释之冯唐列传》："是日令冯唐持节赦魏尚，复以为云中守。"⑤ **襄阳属浩然**：浩然也属于襄阳。孟浩然，襄州人。

杭州送萧宝校书①

朱庆馀

马识青山路②,
人随白浪船③。
别君犹有泪,
学道谩经年④。

〔注〕① **校书**:古代掌校理典籍的官员。汉有校书郎中,三国魏始置秘书校书郎,隋、唐等都设此官,属秘书省。② **马识青山路**:指诗人送客后,骑马返回。③ **人随白浪船**:指客人萧宝校书乘船离去。④ **学道**:学习道艺,即学习儒家学说,如仁义礼乐之类。也指学仙或学佛。《汉书·张良传》:"乃学道,欲轻举。"颜师古注:"道谓仙道。"朱庆馀喜老庄之道,此应指学仙道。**谩**:不要。宋·周邦彦《玉烛新·梅花》词:"寿阳谩斗,终不似,照水一枝清瘦。"金·董解元《西厢记诸宫调》卷三:"谩叹息,谩悒怏,谩道不想,怎不想?"**经年**:整年。

〔释〕送客从客人离开后写起,颇为独特。

马诗二十三首(之一)

李 贺

龙脊贴连钱①,
银蹄白踏烟②。
无人织锦韂③,
谁为铸金鞭。

〔注〕① **龙脊**:马脊背。**龙**,龙马。高大的马,骏马。《仪礼·觐礼》:"天子乘龙,载大旆。"郑玄注:"马八尺以上为龙。"**连钱**:花纹、形状似相连的铜钱。也为马名。唐·纪唐夫《骢马曲》:"连钱出塞蹋沙蓬,岂比当时御史骢。"② **银蹄白踏烟**:马四蹄白色,如踏烟而行。**银蹄**,白色的马蹄。③ **韂**:垫在马鞍下、垂于马背两旁以挡泥土的马具。

〔释〕好马要佩好鞍。诗人发出谁来为我这样的如龙好马佩好鞍的提问。首句入韵。

盆 池

杜 牧

凿破苍苔地,
偷他一片天。
白云生镜里,
明月落阶前。

〔注〕① **盆池**:埋盆于地,引水灌注而成的小池。用以种植供观赏的水生花草。唐·韩愈《盆池》诗之二:"莫道盆池作不成,藕梢初种已齐生。"唐·皮日休《寒日书斋即事》诗:"盆池有鹭窥苹沫,石版无人扫桂花。"② **凿破苍苔地**:指在潮湿地方挖个坑,埋下瓦盆,做成盆池。③ **偷他一片天**:指盆池灌上水,水中倒映一片天的景色。④ **明月落阶前**:指晚上盆池中月影反射到台阶上。

〔释〕"苍苔地"与"一片天",都是偏正结构,故将其看成对仗。

偶题①

司空图

水榭花繁处②,
春晴日午前。
鸟窥临槛镜③,
马过隔墙鞭④。

〔注〕① 偶题：偶然而题。多见于旧诗题,如唐·杜甫有《偶题》诗、宋·陆游有《晨起偶题》诗等。② 水榭：建筑在水边或水上,供人们游憩眺望的亭阁。唐·崔湜《侍宴长宁公主东庄应制》诗："水榭宜时陟,山楼向晚看。"③ 镜：指水面。④ 马过隔墙鞭：由隔墙鞭影推知有人骑马经过。

〔释〕"花繁处"与"日午前"都是偏正结构,故可对。

送朱放

灵 一

苦见人间世①,
思归洞里天②。
纵令山鸟语③,
不废野人眠。

〔注〕① 朱放:灵一诗友。人间世:人世,世俗社会。② 洞里天:即洞天。道教称神仙的居处,犹言洞中别有天地。后常泛指风景胜地。唐·陈子昂《送中岳二三真人序》:"杨仙翁玄默洞天,贾上士幽栖牝谷。"③ 纵令:即使。南朝·陈·徐陵《谏仁山深法师罢道书》:"纵令遥寄弹指,远近低头,形去心留,身移意往。"

〔释〕厌世思隐之情跃然纸上。下联上句第二字"令",《广韵》吕贞切,平声。故可与首联下句第二字"归"形成粘对。

戏题卜铺壁[1]

王　绩

旦逐刘伶去[2],
宵随毕卓眠[3]。
不应长卖卜[4],
须得杖头钱[5]。

〔注〕① **卜铺**：占卜的店铺。王绩《自撰墓志》云："四十五十而无闻焉。于是退归，以酒德游于乡里，往往卖卜，时时著书。"② **刘伶**：字伯伦，沛国（今安徽省淮北市濉溪县）人。魏晋时期名士，"竹林七贤"之一，嗜酒。《晋书·刘伶传》："常乘鹿车，携一壶酒，使人荷锸而随之，谓曰：'死便埋我。'"③ **毕卓**：晋吏部郎毕卓，常饮酒废职。邻舍酿熟，卓夜至其瓮间盗饮，为人所缚，明旦视之，乃毕吏部。旋解缚，遂与主人饮瓮侧，致醉而去。④ **卖卜**：以占卜谋生。⑤ **杖头钱**：《晋书·阮修传》："常步行，以百钱挂杖头，至酒店，便独酣畅。"后因以"杖头钱"称买酒钱。

〔释〕一幅酒徒自画像。明知卖卜是骗人钱财，但为了获得酒钱，而长期卖卜。

何满子[①]

张祜

故国三千里[②],
深宫二十年。
一声何满子,
双泪落君前。

〔注〕①《全唐诗》作《宫词二首》(之一),这里以《唐诗三百首》作《何满子》。**何满子**:唐玄宗时著名歌者,又名何满。唐·白居易《何满子》诗序:"开元中,沧州有歌者何满子,临刑,进此曲以赎死,上竟不免。"后成为舞曲名,或词牌名。② **故国**:故乡,家乡。唐·曹松《送郑谷归宜春》诗:"无成归故国,上马亦高歌。"

〔释〕实写一个少女不幸被选入宫,与家人分离,与外界隔绝,失去自由的悲惨身世。

早蝉

雍裕之

一声清溽暑①,
几处促流年②。
志士心偏苦,
初闻独泫然③。

〔注〕① **溽暑**:指盛夏气候潮湿闷热。《礼记·月令》:"(季夏之月)土润溽暑,大雨时行。"② **几处促流年**:蝉声报秋,催促岁月流逝。**流年**,如水般流逝的光阴、年华。南朝·宋·鲍照《登云阳九里埭》诗:"宿心不复归,流年抱衰疾。"唐·黄滔《寓言》诗:"流年五十前,朝朝倚少年。流年五十后,日日侵皓首。"③ **泫然**:流泪。《礼记·檀弓上》:"孔子泫然流涕曰:'吾闻之,古不修墓。'"

〔释〕志士多愁善感,闻蝉声而悲叹年华流逝。首联上句"清",意为使清,作动词。故可与首联下句"促"对。

二　萧

大酺乐①

张文收

泪滴珠难尽②，
容残玉易销③。
倘随明月去，
莫道梦魂遥④。

〔注〕① **大酺乐**：唐教坊乐曲名。② **泪珠**：本指传说里海中鲛人泪滴而成的宝珠。这里指眼泪。唐·黄滔《马嵬》诗之一："铁马嘶风一渡河，泪珠零便作惊波。"③ **玉容**：比喻女子美丽的容貌。晋·陆机《拟〈西北有高楼〉》诗："玉容谁得顾，倾城在一弹。"唐·王建《调笑令》词："玉容憔悴三年，谁复商量管弦。"④ **遥**：飘荡。《楚辞·大招》："魂魄归徕，无远遥只。"

〔释〕首句将"泪珠"拆开来用，次句便以"玉容"拆开来对。

陪从祖济南太守泛鹊山湖三首① (之一)

李 白

初谓鹊山近②,
宁知湖水遥③。
此行殊访戴④,
自可缓归桡⑤。

〔注〕① **从祖**：祖父的亲兄弟。**泛**：乘船浮行。汉·陈琳《为袁绍檄豫州》："大军泛黄河而角其前,荆州下宛、叶而掎其后。"**鹊山湖**：湖名。此诗王琦题解："《山东志》：鹊山湖,在济南府城北二十里。"清·顾祖禹《读史方舆纪要·山东二·济南府》："鹊山湖,府北二十里。湖北岸有鹊山,因名。"② **初谓鹊山近**：开始时认为鹊山比较近。俗语云：看山跑死马。因山高,远山就在目前。因此诗人预计泛舟鹊山湖所花时间不会太长。③ **宁知**：这才知道。④ **殊访戴**：不是拜访朋友。殊,不同于。访戴,比喻拜访朋友。南朝·宋·刘义庆《世说新语·任诞》："王子猷居山阴,夜大雪……忽忆戴安道。时戴在剡,即便夜乘小船就之。经宿方至,造门不前而返。人问其故,王曰：'吾本乘兴而行,兴尽而返,何必见戴。'"后因称访友为"访戴"。⑤ **归桡**：犹归舟。唐·戴叔伦《戏留顾十一明府》诗："未可动归桡,前程风浪急。"

〔释〕诗人以游客缓归心情来赞美鹊山湖之美。首联上句第三字本该用平声字,这里用仄声"鹊"字,形成破平句,下句第三字本该用仄声字,这里用平声"湖"字补偿。同时,下句第一字本该用平声字,这里却用了仄声"宁"字,第三字也需要补偿。"湖"字既是对句的补偿,也是当句的补偿。

赠张挥使①

戴叔伦

谪戍孤城小②,
思家万里遥。
汉廷求卫霍③,
剑佩上青霄④。

〔注〕① 张挥:人名。未详。② 谪戍:因罪而被遣送至边远地方,担任守卫。汉·贾谊《过秦论》:"谪戍之众,非抗于九国之师也。"③ 汉廷:汉朝廷。卫霍:指汉代名将卫青、霍去病。④ 剑佩上青霄:带剑上朝。古时皇帝特许功勋卓著的人带剑上朝。剑佩,宝剑和垂佩。南朝·宋·鲍照《代蒿里行》诗:"虚容遗剑佩,实貌戢衣巾。"隋·王通《中说·周公》:"衣裳襜如,剑佩锵如,皆所以防其躁也。"青霄,青天,高空。晋·左思《蜀都赋》:"干青霄而秀出,舒丹气而为霞。"这里指朝廷。唐·杜甫《收京》诗之二:"叨逢罪己日,洒涕望青霄。"

〔释〕此诗先诉戍边之苦,后抒思家怀乡之情。接着展示求功之志和获功之荣。首联上句的"戍"字在古代是一个广泛使用的名词。指守边之事。《诗经·小雅·采薇》:"我戍未定,靡使归聘。"朱熹集传:"然戍事未已,则无人可使归而问其室家之安否也。"《史记·张耳陈馀列传》:"北有长城之役,南有五岭之戍。"也指守边的士兵。《左传·定公元年》:"城三旬而毕,乃归诸侯之戍。"或指边防驻军的城堡、营垒。《晋书·庾翼传》:"其谢尚、王愆期等,悉令还据本戍。"故可与下句"家"形成对仗。尾联上句中的"卫霍"是并列结构;下句"青霄"中的"青"指青天,"霄"指"云霄",即高空。这样,"青霄"也是并列结构,形成对仗。

杂题九首(之六)

司空图

驿步堤萦阁①,
军城鼓振桥②。
鸥和湖雁下③,
雪隔岭梅飘。

〔注〕① **驿步**：水驿的停船处。唐·韩偓《汉江行次》诗："沙头有庙青林合,驿步无人白鸟飞。"**步**,用同"埠"。水边停船处。**萦**：回旋缠绕。《诗经·周南·樛木》："南有樛木,葛藟萦之。"② **军城**：唐代设兵戍守的城镇。唐·白居易《浔阳宴别》诗："鞍马军城外,笙歌祖帐间。"③ **和**：汇合,结合。《礼记·郊特牲》："阴阳和而万物得。"

〔释〕"驿步堤"与"军城鼓",虽不是同类事物,但它们都是偏正结构；"鸥"与"雪",也不是同类事物,但它们都是名词；"胡雁"与"岭梅",也属于偏正结构。因此都可对。

途中柳

李中

翠色晴来近①,
长亭路去遥②。
无人折烟缕③,
落日拂溪桥。

〔注〕① **翠色**:指春天翠绿的柳色。② **长亭**:古时于道路每隔十里设长亭,故亦称"十里长亭"。供行旅停息。近城者常为送别之处。北周·庾信《哀江南赋》:"十里五里,长亭短亭。"③ **烟缕**:本指袅袅上升的细长烟气。这里喻指春天如烟的柳条。

〔释〕"近"与"遥",形容词。晴,一般将其看成形容词。但阴晴亦是两种不同的自然现象,可看成是名词。这样就与"路"对仗了。第三句为破仄句。

乱后三首（之三）

司空图

世事尝艰险①，
僧居惯寂寥②。
美香闻夜合③，
清景见寅朝④。

〔注〕① **世事**：时事，世上的事。《商君书·更法》："虑世事之变，讨正法之本，求使民之道。"② **僧居**：僧舍，佛寺。这里诗人自比隐居生活。**寂寥**：恬静，淡泊。汉·王充《论衡·自纪》："（王充）恭愿仁顺，礼敬具备，矜庄寂寥，有臣人之志。"三国·魏·嵇康《卜疑》："有宏达先生者，恢廓其度，寂寥疏阔。"③ **夜合**：合欢花的别名。一名马缨花。《太平御览》卷九五八引晋·周处《风土记》："夜合，叶晨舒而暮合。一名合昏。"唐·元稹有《夜合》诗。④ **清景**：清丽的景色。明·谢榛《四溟诗话》卷二："谢灵运'池塘生春草'，造语天然，清景可画。"**寅朝**：寅时。即早晨3—5时。

〔释〕尾联写诗人晚上睡不着，清晨又早起。虽说诗人过着恬静的隐居生活，但战乱仍然让诗人日夜难眠。

咏黄莺儿①

郑愔

欲转声犹涩②,
将飞羽未调③。
高风不借便,
何处得迁乔④。

〔注〕① 黄莺儿：鸟名。一种鸣禽，也叫鸧鹒或黄鹂。身体黄色，自眼部至头后部黑色，嘴淡红色，吃森林中的害虫，对林业有益。叫声动听，常被饲养作笼禽。② 转：本指按着歌声节拍跳舞。《左传·昭公三十一年》："赵简子梦童子裸而转以歌。"这里指鸣唱。③ 羽：这里指翅膀。《诗经·豳风·七月》："六月莎鸡振羽。"④ 迁乔：指鸟从低处迁往高处。语出《诗经·小雅·伐木》："出自幽谷，迁于乔木。"南朝·梁·刘孝绰《咏百舌》诗："迁乔声迥出，赴谷响幽深。"后用此比喻人的地位上升。晋·桓温《荐谯元彦表》："中华有顾瞻之哀，幽谷无迁乔之望。"

〔释〕凡事预则立，不预则废。黄鹂想唱出美妙歌曲，但没有基本功而"声涩"；向往高飞，但没有过硬的飞翔本领，待到有了"高风"的机遇，也无法"迁乔"。

三　肴

村西杏花二首(之二)
司空图

肌细分红脉，
香浓破紫苞。
无因留得玩①，
争忍折来抛②。

〔注〕① 玩：《广韵》五换切，去声，古为仄声字。② 争忍：犹怎忍。唐·白居易《华阳观桃花时》诗："争忍开时不同醉？明朝后日即空枝！"宋·柳永《迎新春》词："堪对此景，争忍独醒归去？"

〔释〕杏花有变色的特点，含苞待放时，朵朵艳红，随着花瓣的伸展，色彩由浓渐渐转淡，到谢落时就成雪白一片。对此，宋代杨万里《杏花》五绝云："道白非真白，言红不若红，请君红白外，别眼看天工。"

四　豪

游昌化山精舍[①]

卢照邻

宝地乘峰出，
香台接汉高[②]。
稍觉真途近[③]，
方知人事劳[④]。

〔注〕① **昌化山**：在今浙江省临安县。**精舍**：这里指道士、僧人修炼居住之所。《三国志·吴志·孙策传》"建安五年"裴松之注引晋·虞溥《江表传》："时有道士琅邪于吉，先寓居东方，往来吴会，立精舍，烧香读道书，制作符水以治病，吴会人多事之。"《魏书·外戚传上·冯熙》："熙为政不能仁厚，而信佛法，自出家财，在诸州镇建佛图精舍，合七十二处。"② **汉**：天河，银河。《诗经·小雅·大东》："维天有汉，监亦有光。"③ **真途**：仙路。**真**，仙人。《说文·匕部》："真，仙人变形登天也。"④ **人事**：本指人之所为、人力所能及的事。这里指仕途。晋·陶潜《归去来兮辞》序："尝从人事，皆口腹自役。"王瑶注："人事，指仕途。"《南史·臧焘传》："顷之去官，以父母老家贫，与弟熹俱弃人事，躬耕自业。"

〔释〕首联写精舍建筑在峰顶上。首联下句的"高"字,有增高、升高、抬高等意义。动词。《国语·周语下》:"共之从孙四岳佐之,高高下下,疏川导滞。"韦昭注:"高高,封崇九山也。下下,陂障九泽也。"因此可以与上句"出"对仗。此诗失黏。首联下句为平律打头(香台—平平),根据律诗黏对规则,尾联上句也应是平律打头字,而本诗实际是仄律打头(稍觉—平仄,破仄),造成失黏。卢照邻是初唐诗人,那时律诗的黏对规则不严。

长信宫①

刘方平

梦里君王近,
宫中河汉高②。
秋风能再热,
团扇不辞劳。

〔注〕① **长信宫**:古代宫殿名,位于西汉都城长安城内东南隅。为汉代太后所居,唐时尚存,天宝以后废。② **河汉**:指银河。《古诗十九首·迢迢牵牛星》:"河汉清且浅,相去复几许。"南朝·梁·沈约《夜夜曲》之一:"河汉纵且横,北斗横复直。"

〔释〕诗人以嫔妃的身份写她们寂寞难耐的生活。嫔妃在梦里想象受到君王的宠幸,而在实际生活中,要能得到君王的宠幸,犹如皇宫距离银河那样遥远,高不可攀,遥不可及。陪伴她们的只有团扇,还能为她们带来一些凉意。

漫题三首（之三）

司空图

率怕人言谨①，〵
闲宜酒韵高②。〻
山林若无虑③，〵
名利不难逃。〻

〔注〕① **率怕人言**：因粗率而怕他人议论。**人言**，别人的评议、议论。《左传·昭公四年》："礼义不愆，何恤于人言。"宋·苏轼《次韵滕大夫》诗之三："早知百和俱灰烬，未信人言弱胜强。"**谨**：谨慎，慎重。《尚书·胤征》："先王克谨天戒。"② **闲宜**：闲适无事。**酒韵**：酒后的风韵。③ **虑**：指关于名利的梦想。

〔释〕首联二句为四一句式：

第三句第四字本该用仄声字，现用平声"无"字，形成破仄句。

挑灯杖[1]

骆宾王

禀质非贪热[2],
焦心岂惮熬[3]。
终知不自润[4],
何处用脂膏[5]。

〔注〕① **挑灯杖**:拨灯芯用的工具,为一种用金属、骨或石材制成的小棒。古代用油灯(用植物油做燃料)照明。在灯碗里放上油,再将一条灯芯草的草芯或棉线放进油里,让草芯的一头露出灯碗口外,以便点燃。燃烧时间长了,草芯燃完,需要将草芯继续往灯碗口外拨动。② **禀质**:本性。③ **惮**:畏难,畏惧。《诗经·小雅·绵蛮》:"岂敢惮行,畏不能趋。"④ **不自润**:不是为了滋润自己。⑤ **何处**:哪里。

〔释〕诗人以物喻人。挑灯杖既不是自己贪热,也不是为了用油脂滋润自己,才去灯碗的热油里拨灯芯,实在是迫不得已而为之。

五 歌

岳州守岁二首①（之一）

张 说

夜风吹醉舞②，
庭户对酣歌③。
愁逐前年少④，
欢迎今岁多。

〔注〕① 岳州：今湖南岳阳。② 醉舞：狂舞。唐·李白《邠歌行上新平长兄粲》诗："赵女长歌入彩云，燕姬醉舞娇红烛。"③ 庭户：指庭院。唐·方干《新秋独夜寄戴叔伦》诗："遥夜独不卧，寂寥庭户中。"酣歌：尽兴高歌。《南史·萧恭传》："岂如临清风，对朗月，登山泛水，肆意酣歌也。"唐·宋之问《寒食还陆浑别业》诗："野老不知尧舜力，酣歌一曲太平人。"④ 逐：依次，一个跟着一个。

〔释〕首联上下句的第四字都是"酉"旁字，尾联上下句的第二字都是"辶"旁字。

别辋川别业①
王维

依迟动车马②，
惆怅出松萝③。
忍别青山去，
其如绿水何④。

〔注〕① 辋川：水名。即辋谷水。诸水会合如车辋环凑，故名。在陕西省蓝田县南，源出秦岭北麓，北流至县南入灞水。唐代诗人王维曾置别业于此。**别业**：别墅。② **依迟**：依依不舍的样子。南朝·齐·王融《和南海王殿下咏秋胡妻》诗之四："参差兴别绪，依迟起离慕。"③ **惆怅**：因失意或失望而伤感、懊恼。《楚辞·九辩》："廓落兮，羁旅而无友生；惆怅兮，而私自怜。"**松萝**：即女萝。也叫兔丝。这里借指山林。④ **其如**：怎奈，无奈。唐·刘长卿《碛石遇雨宴前主簿从兄子英宅》诗："虽欲少留此，其如归限催。"

〔释〕黄生《唐诗评》："忍别青山去，其如青山之难为别何；忍别绿水去，其如绿水之难为别何！此'交互对法'。'忍别'字，应'惆怅'字；'其如'字，应'依迟'字。此'颠倒应法'。"第一句第四字本该用仄声字，现用平声"车"字，形成破仄句。

泊湘口

戴叔伦

湘山千岭树①,
桂水九秋波②。
露重猿声绝,
风清月色多。

〔注〕① **湘山**：山名。即君山，在湖南省岳阳市西南洞庭湖中。《史记·秦始皇本纪》："上问博士曰：'湘君何神？'博士对曰：'闻之，尧女舜之妻而葬此。'于是始皇大怒，使刑徒三千人皆伐湘山树，赭其山。"② **桂水**：在湖南省郴州市桂阳县。**九秋**：这里指农历九月深秋。

〔释〕尾联点出停泊湘口为深夜时刻。

早　朝①

司空图

白日新年好②，
青春上国多③。
街平双阙近④，
尘起五云和⑤。

〔注〕① **早朝**：早晨，早上。南朝·梁·任昉《奏弹曹景宗》："早朝永叹，载怀矜恻。"这里指大年初一早晨。② **白日**：太阳，阳光。《楚辞·九辩》："白日晼晚其将入兮，明月销铄而减毁。"③ **青春**：指春天。春季草木茂盛，其色青绿，故称。《楚辞·大招》："青春受谢，白日昭只。"**上国**：指京师，首都。南朝·梁·江淹《四时赋》："忆上国之绮树，想金陵之蕙枝。"④ **双阙**：本指古代宫殿、祠庙、陵墓前两边高台上的楼观。借指京城。《古诗十九首·青青陵上柏》："两宫遥相望，双阙百余尺。"⑤ **五云**：本指青、白、赤、黑、黄五种云色。古人视云色占吉凶丰歉。也借指皇帝所在地。唐·王建《赠郭将军》诗："承恩新拜上将军，当值巡更近五云。"

〔释〕尾联写功成名就者骑马在帝都平坦的大街上行走的得意神情。

放鹭鸶

齐己

洁白虽堪爱①,
腥膻不奈何②。
到头从所欲,
还汝旧沧波③。

〔注〕① **洁白**:本指纯净的白色。这里也兼指品行清白纯正。《吕氏春秋·审分》:"誉以高贤,而充以卑下;赞以洁白,而随以污德。"汉·王符《潜夫论·实贡》:"夫修身慎行,敦方正直,清廉洁白,恬淡无为,化之本也。"**堪**:能够,可以。《尚书·多方》:"惟尔多方,罔堪顾之。"② **腥膻**:难闻的腥味。比喻人间丑恶污浊的现象。晋·葛洪《抱朴子·明本》:"山林之中非有道也,而为道者必入山林,诚欲远彼腥膻,而即此清净也。"南朝·梁·沈约《需雅》诗之三:"终朝采之不盈掬,用拂腥膻和九谷。"③ **沧波**:碧波。唐·李白《古风》之十二:"昭昭严子陵,垂钓沧波间。"

〔释〕洁、白,自对;腥、膻,自对。

别人四首(之二)

王 勃

江上风烟积,

山幽云雾多①。

送君南浦外②,

还望将如何!

〔注〕① **山幽**:山的幽深之处。南朝·梁·张充《与王俭书》:"桂兰绮靡,丛杂于山幽;松柏森阴,相缭于涧曲。"② **南浦**:南面的水边。后常用以称送别之地。《楚辞·九歌·河伯》:"子交手兮东行,送美人兮南浦。"南朝·梁·江淹《别赋》:"春草碧色,春水渌波,送君南浦,伤如之何。"

〔释〕"江上"为送人之处。山幽,据刘永济说,为诗人所居之处,不知何据。(《唐人绝句精华》第5页)。

张郎中梅园中①

孟浩然

绮席铺兰杜②,
珠盘折芰荷③。
故园留不住,
应是恋弦歌④。

〔注〕① 张郎中：张子容。与孟浩然同隐鹿门山,为死生交,诗篇唱答颇多。**梅园**：张子容家园。此诗是为张子容离家赴任奉先县令而作。② **绮席**：华丽的席具。古人称坐卧之铺垫用具为席。南朝·梁·江淹《杂体诗·效惠休〈怨别〉》："膏炉绝沈燎,绮席生浮埃。"**兰杜**：兰花和杜若。③ **珠盘**：精美的盘。**芰荷**：指菱叶与荷叶。《楚辞·离骚》："制芰荷以为衣兮,集芙蓉以为裳。"这里指菱角和莲蓬。④ **弦歌**：这里指县令。据《论语·阳货》记载,孔子学生子游任武城宰,以弦歌为教民之具。后因以"弦歌"为出任邑令之典。《晋书·隐逸传·陶潜》："谓亲朋曰：'聊欲弦歌,以为三径之资,可乎?'执事者闻之,以为彭泽令。"

〔释〕首联写梅园环境优雅,生活悠闲。尾联笔锋一转,表现张子容入世心切。

雨中题衰柳[①]

白居易

湿屈青条折[②],
寒飘黄叶多。
不知秋雨意,
更遣欲如何[③]?

〔注〕① 此诗作于唐宪宗元和十年(815)诗人从长安至江州途中。时年43岁的白居易被贬为江州司马。② 湿屈:(秋日柳条)因秋雨湿而弯曲。③ 遣:放逐,发配。《左传·哀公二十五年》:"挥在朝,使吏遣诸其室。"杜预注:"难面逐之,先逐其家。"《史记·白起王翦列传》:"秦王乃使人遣白起,不得留咸阳中。"

〔释〕诗人被贬为江州司马,故以秋雨中衰柳自比。黄叶多飘落,青枝已折断,还要怎么样呢?

六　麻

风

李　峤

解落三秋叶[①],
能开二月花[②]。
过江千尺浪,
入竹万竿斜。

〔注〕① **解落**：解散，散落。《吕氏春秋·决胜》："义则敌孤独，敌孤独，则上下虚，民解落。"高诱注："解，散。"**三秋**：这里指秋季。晋·陶潜《闲情赋》："愿在莞而为席，安弱体于三秋。" ② **二月**：指农历二月。

〔释〕风是无形的，但其力量又是无比强大的。这首诗让人看到了风的力量，能使秋叶脱落，二月花开，在江河掀起千尺巨浪，在竹林吹倒万棵翠竹。全诗写风，却不见一个"风"字，难怪不少人把这首诗作为谜语让儿童猜。

绝句六首(之六)
杜甫

江动月移石①,
溪虚云傍花②。
鸟栖知故道③,
帆过宿谁家。

〔注〕① **江动月移石**:风吹江水翻滚,江中月像石头一样被搬移。② **虚**:空出,空着。③ **故道**:旧道,原路。《史记·项羽本纪》:"长史欣恐,还走其军,不敢出故道。"

〔释〕写江溪春夜之景。首联下句的"虚"亦作动词用,如《墨子·七患》:"虚其府库,以备车马。"故可与上句"动"字对仗。首联上句第三字本该用平声字,这里用仄声"月"字,形成破平句,于是对句(下句)第三字改用平声"云"字来补偿。

嘲少年[1]

韩愈

直把春偿酒[2],
都将命乞花[3]。
只知闲信马[4],
不觉误随车[5]。

〔注〕① 此为《游城南十六首》之二。② **春偿酒**：以酒报答春光。③ **命乞花**：以命来追求花。花，这里比喻美女。唐·白居易《霓裳羽衣歌》："娇花巧笑久寂寥,娃馆苎萝空处所。"④ **信马**：任马行走而不加制约。唐·岑参《西掖省即事》诗："平明端笏陪鹓列,薄暮垂鞭信马归。"⑤ **随车**：追随（女子的）车子。

〔释〕全诗描绘了一幅纨绔子弟放荡不羁的形象。尾联上句副词"只"字，《广韵》有两读：诸氏切，上声；章移切，平声。这里可平可仄。

偶作

陆龟蒙

双眉初出茧①,
两鬓正藏鸦②。
自有王昌在③,
何劳近宋家④。

〔注〕① **初出茧**:双眉像初出茧的蛾子。古人以蛾眉形容女子眉毛之美。② **藏鸦**:语出南朝·梁·简文帝《金乐歌》:"槐花欲覆井,杨柳正藏鸦。"此处形容少女鬓发乌黑秀美。③ **王昌**:即东家王昌,诗词中常与宋玉并列,一般认为是魏晋南北朝时美男子。唐朝诗人认为,乐府诗歌中的洛阳女儿莫愁倾慕于王昌。④ **宋家**:宋玉之家。宋玉《登徒子好色赋》:"玉曰:'天下之佳人,莫若楚国。楚国之丽者,莫若臣里。臣里之美者,莫若臣东家之子。……然此女登墙窥臣三年,至今未许也。'"

〔释〕尾联为参差对。其下句"近"字与其上句的"在"字相对;"宋家"与"王昌"相对。

江行无题一百首①（之四十三）

钱 珝

兵火有余烬②，
贫村才数家。
无人争晓渡，
残月下寒沙。

〔注〕①《江行无题一百首》，原以为是钱起所作，后经人考证为钱珝赴抚州司马任途中所作。②**兵火**：战争造成的灾祸。《汉书·王莽传下》："衍功侯喜素善卦，莽使筮之，曰：'忧兵火。'"**余烬**：燃烧后残剩下的灰或没烧尽的东西。唐·冯贽《云仙杂记·暖香满室如春》："宝云溪有僧舍，盛冬若客至则燃薪火，暖香一炷，满室如春，人归更取余烬。"

〔释〕描绘一幅战争给人带来的灾祸景象。**渡**，渡河。动词。它也可作名词，指渡口。《晋书·杜预传》："预又以孟津渡险，有覆没之患，请建河桥于富平津。"首联上句第三字本该用平声字，这里用仄声"有"字，形成破平句，于是对句（下句）第三字改用平声"才"字来补偿。

秋怨[1]

皇甫冉

长信多秋气[2],
昭阳借月华[3]。
那堪闭永巷[4],
闻道选良家[5]。

〔注〕① **秋怨**:秋日的悲怨情绪。② **长信**:指西汉长信宫。西汉主要宫殿之一,为失宠者所居。**秋气**:指秋日凄清、肃杀之气。《吕氏春秋·义赏》:"春气至,则草木产,秋气至,则草木落。" **气**,《全唐诗》注:"一作草。"③ **昭阳**:汉宫殿名。为得宠者所居。后泛指后妃所住的宫殿。唐·王昌龄《长信怨》诗:"玉颜不及寒鸦色,犹带昭阳日影来。" **借**:《全唐诗》注:"一作惜。" **月华**:月光,月色。南朝·梁·江淹《杂体诗·效王微〈养疾〉》:"清阴往来远,月华散前墀。"④ **那堪**:怎堪,怎能禁受。唐·李端《溪行遇雨寄柳中庸》诗:"那堪两处宿,共听一声猿。" **永巷**:宫中长巷。⑤ **闻道**:听说。唐·杜甫《秋兴》诗之四:"闻道长安似弈棋,百年世事不胜悲。" **选良家**:选清白人家美女入宫。

〔释〕诗人在展示了长信宫的秋气、永巷的幽闭和昭阳宫的惜月华之后,还听说又要选良家女入宫,能不叹息吗?那,古作平声看待。

吟元郎中白须诗兼饮雪水茶因题壁上①

白居易

吟咏霜毛句②,
闲尝雪水茶。
城中展眉处③,
只是有元家。

〔注〕① **元郎中**:指元稹。元和十五年(820)任膳部郎中。**白须**:白色的胡须。形容年老。唐·元稹《西归绝句》之十:"寒窗风雪拥深炉,彼此相伤指白须。"② **霜毛句**:指元稹的《白须诗》。霜毛,白发。唐·韩愈《答张十一功曹》诗:"吟君诗罢看双鬓,斗觉霜毛一半加。"③ **展眉**:因喜悦而眉开。唐·元稹《三遣悲怀诗》之三:"唯将终夜长开眼,报答平生未展眉。"

〔释〕第三句第四字本该用仄声字,现用平声"眉"字,形成破仄句。

忆 梅

李商隐

dìng dìng zhù tiān yá
定 定 住 天 涯①,∨

yī yī xiàng wù huá
依 依 向 物 华②。∧

hán méi zuì kān hèn
寒 梅 最 堪 恨,

cháng zuò qù nián huā
常 作 去 年 花。

〔注〕① **定定**：一动不动地；死死地。② **依依**：依恋不舍的样子。《玉台新咏·古诗〈为焦仲卿妻作〉》："举手长劳劳，二情同依依。"唐·刘商《胡笳十八拍》诗："泪痕满面对残阳，终日依依向南北。"**物华**：自然春景。南朝·梁·柳恽《赠吴均》诗之一："离念已郁陶，物华复如此。"唐·杜甫《曲江陪郑南史饮》诗："自知白发非春事，且尽芳樽恋物华。"

〔释〕忆梅，实则忆自己。梅花先他花而发，不等到春天就开花，不合时宜。诗人十六岁即有文名，但一生不得志。首句入韵。第三句第四字本该用仄声字，现用平声"堪"字，形成破仄句。

七　阳

元日恩赐柏叶应制①
李　乂

劲节凌冬劲②，
芳心待岁芳③。
能令人益寿，
非止麝含香④。

〔注〕①《全唐诗》题注："景龙四年。"**元日**：正月初一。《尚书·舜典》："月正元日，舜格于文祖。"**柏叶**：柏树的叶子。可入药或浸酒。这里指柏叶酒。南朝·梁·萧统《锦带书十二月启·太簇正月》："梅花舒两岁之装，柏叶泛三光之酒。"**应制**：特指应皇帝之命写作诗文。亦以称其所作。南朝·宋·谢庄有《七夕夜咏牛女应制》诗。② **劲节**：坚贞的节操。南朝·梁·范云《咏寒松》："凌风知劲节，负雪见贞心。"③ **芳心**：指花蕊。俗称花心。④ **麝含香**：据说麝（香獐）因吃柏树叶而有麝香。三国·魏·嵇康《养生论》："虱处头而黑，麝食柏而香。"

〔释〕**令**，《广韵·清韵》："使也。吕郑、郎丁二切。"这里作平声看待。

浣纱石上女①

李 白

玉面耶溪女②,
青娥红粉妆③。
一双金齿屐④,
两足白如霜。

〔注〕① **浣纱石**：石名。相传西施在其上浣纱,故名。**浣**,洗涤。《诗经·周南·葛覃》："薄污我私,薄澣我衣。"澣,同"浣"。② **耶溪**：即若耶溪。在今浙江省绍兴县南若耶山下,溪旁有浣纱石,相传为西施浣纱处。③ **青娥**：本指黛画之眉。特指女子之眉。唐·韦应物《拟古诗》之二："娟娟双青娥,微微启玉齿。"**红粉**：妇女化妆用的胭脂和铅粉。《古诗十九首·青青河畔草》："娥娥红粉妆,纤纤出素手。"④ **屐**：木制的鞋。鞋底大多有二齿,以行泥地。《晋书·五行志上》："初作屐者,妇人头圆,男子头方,圆者顺之义,所以别男女也。至太康初,妇人屐乃头方,与男无别。"

〔释〕首联下句"青娥"与"红粉"自对。

秋浦歌十七首① (之十一)
李 白

逻人横鸟道②，
江祖出鱼梁③。
水急客舟疾，
山花拂面香。

〔注〕① **秋浦**：古地名。在今安徽池州市。详见"一先"韵部《秋浦歌十七首》。② **逻人**：又作"罗叉"。即罗叉矶。胡震亨《李诗通》云："《贵池志》：城西六十里，李阳河出李阳大江，中流有石，槎牙横突，为拦江、罗叉二矶。"**鸟道**：险峻狭窄的山路。南朝·梁·沈约《愍涂赋》："依云边以知国，极鸟道以瞻家。"③ **江祖**：即江祖石。**鱼梁**：拦截水流以捕鱼的设施。以土石筑堤横截水中，如桥，留水门，置竹笱或竹架于水门处，拦捕游鱼。《诗经·邶风·谷风》"毋逝我梁"毛传："梁，鱼梁。"

〔释〕**急**，亦作名词。指困难的事、当务之急。故可与"花"对。尾联上句第三字本该用平声字，这里用了仄声"客"字，形成破平句，下句第三字也没有改用平声字。王力在《诗词格律》中认为是半拗，可救可不救。

绝句二首(之一)
杜甫

迟日江山丽①,
春风花草香。
泥融飞燕子②,
沙暖睡鸳鸯。

〔注〕① 迟日:指春日。《诗经·豳风·七月》:"春日迟迟。"
② 融:和煦,暖和。前蜀·毛文锡《接贤宾》词:"香鞯镂襜五花骢。值春景初融。流珠喷沫,躞蹀汗,血流红。"

〔释〕摹写春景。首联写静景,尾联写动景。词语极其工秀,且通俗流畅。从宋代起,人们就将此诗看成儿童属对的极好素材。

题僧房

王昌龄

棕榈花满院,
苔藓入闲房。
彼此名言绝①,
空中闻异香。

〔注〕① **彼此名言绝**:互相称道之后。**名**,杨逢春《唐诗偶评》》:"'名'非名利之名。举其人而言,举其事而言,皆谓之'名'。"**言绝**,说罢,说到绝妙处。《刘知远诸宫调·知远走慕家庄沙佗村入舍》:"结下雠冤,怎肯成亲?恰是言绝,走一人向前诉说。"元·孙仲章《勘头巾》第三折:"听言绝则我沉默默腹内忧,都做了虚飘飘心上喜。"

〔释〕首联写静境,尾联写静趣。**彼**、**此**,自对。

绝 句
(佚名)

石沉辽海阔①，
剑别楚山长②。
会合知无日③，
离心满夕阳④。

〔注〕① **沉**：没入水中，沉没。《诗经·小雅·菁菁者莪》："泛泛杨舟，载沉载浮。"《庄子·人间世》："散木也，以为舟则沈。"按：**沈**，今作"沉"。**辽海**：这里指渤海辽东湾。唐·杜甫《后出塞》诗之四："云帆转辽海，粳稻来东吴。"② **楚山**：山名。即荆山。在湖北省西部，武当山东南，汉江西岸。有抱玉岩，相传春秋楚人卞和得璞玉于此。《文选·颜延之〈北使洛〉诗》："振楫发吴州，秣马陵楚山。"③ **会合**：见面，重逢。唐·韩愈《此日足可惜赠张籍》诗："萧条千万里，会合安可逢？"④ **离心**：别离之情。隋·杨素《赠薛播州》诗："木落悲时暮，时暮感离心；离心多苦调，讵假雍门琴。"**夕阳**：这里比喻晚年。晋·刘琨《重赠卢谌》诗："功业未及建，夕阳忽西流。"

〔释〕**会**、**合**，自对。其下句的"夕"字也表示向西、偏西。动词。《诗经·王风·君子于役》："日之夕矣，羊牛下来。"故可与上句动词"无"对仗。

竹溪

韩愈

蔼蔼溪流慢[1],
梢梢岸筱长[2]。
穿沙碧簳净[3],
落水紫苞香[4]。

〔注〕① **蔼蔼**:茂盛。晋·陶潜《和郭主簿》诗之一:"蔼蔼堂前林,中夏贮清阴。"② **梢梢**:细。唐·韩愈《南溪始泛》诗之一:"点点暮雨飘,梢梢新月偃。"**筱**:小竹。《说文·竹部》:"筱,箭属。小竹也。"③ **簳**:小竹。可作箭杆。④ **紫苞**:这里指竹笋。

〔释〕首句"慢",有的版本作"漫"。从末句"落水紫苞"看,应当为"漫",而不应是"慢"。漫,充满,遍布。

尝新酒忆晦叔二首[①]（之一）

白居易

尊里看无色[②]，

杯中动有光。

自君抛我去[③]，

此物共谁尝。

〔注〕① **晦叔**：崔玄亮，字晦叔，山东磁州人。诗人的诗友、酒友。② **尊**：古盛酒器。《说文·酋部》："尊，酒器也。"后世作"樽""罇"。③ **抛我去**：抛开我走了。指崔玄亮去世。

〔释〕因尝新酒而思念诗友、酒友，感情真诚、朴实、自然。看，在古诗中常作平声看待。

送客之蜀①

杨　凌

西蜀三千里②，
巴南水一方③。
晓云天际断，
夜月峡中长④。

〔注〕① 之：往，至。《诗经·墉风·载驰》："百尔所思，不如我所之。"② **西蜀**：今四川省。古为蜀地，因在西方，故称"西蜀"。唐·杜甫《诸将》诗之五："西蜀地形天下险，安危须仗出群材。"③ **巴南**：指四川东南部一带。**一方**：一边。多指远处。《诗经·秦风·蒹葭》："所谓伊人，在水一方。"④ **夜月峡中长**：指明月峡。《太平御览》卷一六八引《益州记》云："明月峡在巴县东北，高四十丈，有圆孔，形如满月，故名。"

〔释〕"西蜀"与"巴南""三千里"与"水一方"分别为参差对。

咏巫山[1]

王绩

电影江前落[2],

雷声峡外长[3]。

霁云无处所[4],

台馆晓苍苍[5]。

〔注〕① **巫山**：山名。在重庆市和湖南省、湖北省交界处。长江穿流其中，形成三峡。② **电影**：闪电，闪电之光。③ **雷声峡外长**：雷声顺着峡道向两端传播。**长**，动词。引长，延长。《尚书·立政》："敬尔由狱，以长我王国。"④ **霁云无处所**：雨后的云彩无处停留，即万里无云。**霁**，雨止天晴。《尚书·洪范》："乃命卜筮，曰雨，曰霁。"⑤ **台馆晓苍苍**：（因山高峡窄）天亮了，楼台馆阁仍然黑乎乎的。**台馆**，楼台馆阁。南朝·宋·颜延之《北使洛》诗："伊谷绝津济，台馆无尺椽。"**晓**，拂晓，天亮。**苍苍**，深青色。《庄子·逍遥游》："天之苍苍，其正色邪。"

〔释〕写巫山雷雨和雨后放晴两种景象。"雷声峡外长"，写三峡之长；"台馆晓苍苍"，写巫山之高、三峡之窄。

八　庚

闺怨二首（之一）

沈如筠

雁尽书难寄①，
愁多梦不成。
愿随孤月影，
流照伏波营②。

〔注〕① **雁书**：书信。又作"雁足书"，即系于雁足的书信。语出《汉书·苏武传》："昭帝即位。数年，匈奴与汉和亲。汉求武（指苏武）等，匈奴诡言武死。后汉使复至匈奴，常惠请其守者与俱，得夜见汉使，具自陈道。教使者谓单于，言天子射上林中，得雁，足有系帛书，言武等在某泽中。使者大喜，如惠语以让单于。单于视左右而惊，谢汉使曰：'武等实在。'"② **伏波营**：指戍边的军营。**伏波**，汉将军名号。"伏波"，其命意为降伏波涛。

〔释〕唐天宝年间，唐廷与南诏政权之间多次互相攻战，男丁多征战沙场。这首诗是代征人妇之词。信不能通，梦不能成，无可奈何托孤月流照。思念之情可知。

遗爱寺[①]

白居易

弄石临溪坐,
寻花绕寺行。
时时闻鸟语,
处处是泉声。

〔注〕① **遗爱寺**：唐时江西庐山香炉峰北有遗爱寺。白居易的草堂在寺的东北隅。

〔释〕此诗很好地诠释了什么是"生活即诗"。

边城柳①

刘皂

一株新柳色,
十里断孤城②。
为近东西路③,
长悬离别情。

〔注〕① **边城**:指靠近国界的城市。《管子·度地》:"当冬三月,天地闭藏,暑雨止,大寒起,万物实熟,利以填塞空郄,缮边城,涂郭术,平度量,正权衡,虚芳狱,实廪仓。"汉·桓宽《盐铁论·击之》:"边城四面受敌,北边尤被其苦。"② **断**:遮断,隔断。**孤城**:这里指边远的孤立城寨或城镇。唐·王昌龄《从军行》之四:"青海长云暗雪山,孤城遥望玉门关。"唐·王之涣《凉州词》之一:"黄河远上白云间,一片孤城万仞山。"③ **近**:使(路)近。

〔释〕新柳发芽,又是一春,年复一年,眼看柳叶发,柳叶落。似乎柳叶隔断了征夫与亲人的联系。尾联上句"东"与"西"自对,下句"离"与"别"自对。

袁少年诗①
(佚名)

峰峦多秀色②,
松桂足清声③。
自有山林趣④,
全忘城阙情⑤。

〔注〕①《全唐诗》题注:"猿。"袁少年:未详。② 秀色:这里指优美的景色。南朝·宋·王僧达《答颜延年》诗:"麦垄多秀色,杨园流好音。"唐·杜甫《次晚洲》诗:"晚洲适知名,秀色固异状。"③ 清声:清亮的声音。汉·扬雄《太玄赋》:"听素女之清声,观宓妃之妙曲。"④ 山林:这里指隐居之地。明·都穆《谭纂》卷上:"洪熙初年,仁庙尝幸文渊阁,问公曰:'今山林亦有人乎?'"⑤ 忘:《集韵》武方切,平声。丧失,失去。《尚书·大诰》:"敷前人受命,兹不忘大功。"清·王引之《经义述闻·尚书上》:"忘,与'亡'同,言不失前人之大功也。"城阙:本指城门两边的望楼。《诗经·郑风·子衿》:"佻兮达兮,在城阙兮。"这里指都城、京城。汉·张衡《东京赋》:"肃肃习习,隐隐辚辚,殿未出乎城阙,斾已返乎郊畛。"

〔释〕首联写山林的优美景色,为尾联抒发退隐情趣作铺垫。

南行别弟

韦承庆

澹澹长江水①,
悠悠远客情②。
落花相与恨③,
到地亦无声。

〔注〕① **澹澹**：形容水荡漾。三国·魏·曹操《步出东门行》："水何澹澹,山岛竦峙。"② **悠悠**：思念,忧思。《诗经·邶风·终风》："莫往莫来,悠悠我思。"唐·乔知之《定情篇》："去时恩灼灼,去罢心悠悠。"**远客**：远方的来客。《楚辞·九辩》："去乡离家兮徕远客,超逍遥兮今焉薄？"这里指诗人自己南行,离家为客。③ **相与**：共同,一道。《孟子·公孙丑上》："又有微子、微仲、王子比干、箕子、胶鬲,皆贤人也。相与辅相之,故久而后失之也。"晋·陶潜《移居》诗之一："奇文共欣赏,疑义相与析。"

〔释〕诗人以长江水一去不复还,落花不会再生自比兄弟的别离,情以何堪。清·刘文蔚《唐诗合选详解》："盖花之恨在落,人之恨在流,故曰'相与恨'。"按：人之恨在流,当为"水之恨在流"。

复愁十二首(之九)
杜 甫

任转江淮粟①,
休添苑囿兵②。
由来貔虎士③,
不满凤凰城④。

〔注〕① **任转江淮粟**:任凭转运江淮的田赋米谷。② **苑囿**:古代畜养禽兽供帝王玩乐的园林。这里泛指帝王的园囿。③ **由来**:自始以来,历来。《易经·坤》:"臣弑其君,子弑其父,非一朝一夕之故,其所由来者渐矣。"**貔虎**:貔和虎。泛指猛兽。三国·魏·阮籍《搏赤猿帖》:"仆不想歘尔梦搏赤猿,其力甚于貔虎。"④ **不满**:不充满。《管子·宙合》:"盛而不落者未之有也。故有道者不平其称,不满其量。"这里意为不必充满。

〔释〕这是一首政论诗。诗人提出禁卫军不必多的主张,切中时弊。

佳人照镜

张文恭

倦采蘼芜叶①，
贪怜照胆明②。
两边俱拭泪③，
一处有啼声④。

〔注〕① **采蘼芜**：指汉代乐府诗《上山采蘼芜》。诗云："上山采蘼芜，下山逢故夫。"以此指佳人被丈夫抛弃。② **怜**：爱，疼爱。《庄子·秋水》："夔怜蚿，蚿怜蛇，蛇怜风，风怜目，目怜心。"**照胆**：相传秦咸阳宫中有大方镜，能照见五脏病患。女子有邪心者，以此镜照之，可见胆张心动。后因以"照胆"为典，极言明镜可鉴。北周·庾信《镜赋》："镜乃照胆照心，难逢难值。"唐·杜牧《昔事文皇帝三十二韵》诗："照胆常悬镜，窥天自戴盆。"③ **两边**：指照镜人和镜中人。④ **一处**：意指只有照镜人这边（发出哭声）。

〔释〕佳人虽被遗弃，而忠贞之心不变。俱，《广韵》举朱切，平声。

遇边使①

卢殷

累年无的信②，
每夜梦边城。
袖掩千行泪，
书封一尺情③。

〔注〕① **边使**：来自边地的使者。唐·杜甫《甘园》诗："结子随边使，开笼近至尊。"唐·张籍《望行人》诗："无因见边使，空待寄寒衣。"② **累年**：历年，接连多年。《史记·孝文本纪》："间者累年，匈奴并暴边境，多杀吏民。"唐·韩愈《送陈密序》："密来太学，举明经，累年不获选，是弗利于是科也。"**的信**：确实的消息。唐·戴叔伦《送车参军江陵》诗："海上旧山无的信，东门归路不堪行。"③ **书封一尺**：指书信。古代木简长一尺，故言书封一尺。

〔释〕思念担心征夫的佳人，喜遇边使，所能做的只是在书信中表达一点情意而已。

九　青

早春野望①

王　勃

江旷春潮白②，
山长晓岫青③。
他乡临眺极④，
花柳映边亭⑤。

〔注〕① **野望**：在野外远望。明·何景明《过城南寺》诗："出城春渐近，到寺日犹高；野望增楼阁，沙行散竹桃。"② **旷**：指广大，宽广。**春潮**：春天的潮水。③ **岫**：山洞。本指有洞穴的山。这里指峰峦。晋·陶潜《归去来辞》："云无心以出岫，鸟倦飞而知还。"④ **临眺**：顾视；俯视；察看。《楚辞·离骚》："陟升皇之赫戏兮，忽临睨夫旧乡。"⑤ **边亭**：这里指边地的驿亭。唐·陈子昂《还至张掖古城闻东军告捷赠韦五虚己》诗："孟秋首归路，仲月旅边亭。"

〔释〕这首诗是王勃因作《斗鸡檄》被赶出沛王府之后，游历巴蜀山川时的诗作，故有"他乡""边亭"之说。首联写景，尾联景中生情。他乡如此，故乡又怎么样了呢？

夜下征虏亭①

李 白

船下广陵去②,
月明征虏亭③。
山花如绣颊,
江火似流萤④。

〔注〕① **征虏亭**：亭名。在今江苏省江宁县东。南朝·宋·刘义庆《世说新语·雅量》："支道林还东,时贤并送于征虏亭。"刘孝标注引《丹阳记》："太安中,征虏将军谢安立此亭,因以为名。"② **广陵**：郡名。在今扬州一带。③ **明**：照亮。唐·杜甫《月》诗："四更山吐月,残夜水明楼。"④ **江火**：江船上的灯火。唐·孟浩然《陪卢明府泛舟回作》诗："鹢舟随雁泊,江火共星罗。" **流萤**：飞行无定的萤。南朝·齐·谢朓《玉阶怨》诗："夕殿下珠帘,流萤飞复息。"

〔释〕"山花如绣颊"的前提条件是"月明"。这个夜晚,明月如白昼一般。首联上句第三字本该用平声字,这里却用了仄声"广"字,使该句失去了平律,对句(下句)第三字改用平声"征"字作为补偿。

有感

司空图

灯影看须黑①,
墙阴惜草青。
岁阑悲物我②,
同是冒霜萤。

〔注〕① **须**:一定,必定。② **岁阑**:岁暮,一年将尽的时候。唐·白居易《赠元稹》诗:"一为同心友,三及芳岁阑。"**阑**,将尽,将完。《史记·高祖本纪》:"酒阑,吕公因目留高祖。"前蜀·毛文锡《更漏子》词:"春夜阑,春恨切,花外子规啼月。"**物我**:彼此,外物与己身。《列子·杨朱》:"君臣皆安,物我兼利,古之道也。"南朝·梁·江淹《杂体诗·效张绰〈杂述〉》:"物我俱忘怀,可以狎鸥鸟。"

〔释〕诗人睹物思人,物我相怜。

退居漫题七首① (之一)
司空图

花缺伤难缀②，
莺喧奈细听③。
惜春春已晚，
珍重草青青④。

〔注〕① **退居**：退职家居。详见"十二文"韵部《退居漫题七首》(之五)。**漫题**：信手书写的文字。② **花缺**：花瓣残缺，春光消逝。**缀**：缝合；连缀。《礼记·内则》："衣裳绽裂，纫针请补缀。"③ **奈**：通"耐"。禁得起，受得住。④ **珍重**：爱惜，珍爱。《楚辞·王逸〈远游序〉》："是以君子珍重其志，而玮其辞焉。"

〔释〕一个"伤"字，既写春光已逝，也暗示大唐国运衰危之势难以挽回。

十　蒸

咏兴善寺佛殿灾[①]
李　荣

道善何曾善[②]，
言兴且不兴。
如来烧赤尽[③]，
惟有一群僧。

〔注〕①《全唐诗》注："京城流俗，僧道常争二教优劣，递相非斥。总章中，兴善寺为火灾所焚，尊像荡尽。东明观道士李荣咏此。荣，巴西人也。"**兴善寺**：即大兴善寺。隋唐皇家寺院，中国"佛教八宗"之一"密宗"祖庭，隋唐帝都长安三大译经场之一，位于长安城东靖善坊内（今陕西省西安市小寨兴善寺西街）。《长安志》卷七载："寺殿崇广，为京城之最。"**佛殿**：寺院供奉佛像的大殿。唐·张读《宣室志》卷二："丰乐里开业寺，有神人足迹甚长，自寺外门至佛殿。"② 首联二句：说善不善，说兴不兴。据《太平广记》卷二四八引《启颜录》云："唐有僧法轨，形容短小，于寺开讲。李荣往共议论，往复数番。僧有旧作诗咏荣，于高坐上诵之曰'姓李应须李，言荣又不荣。'此僧未及道得下句，李荣应声接曰：'身上三尺半，头毛犹未生。'四座欢喜，

伏其辩捷。"③ **如来**：佛的别名。梵语意译。"如"，谓如实。"如来"即从如实之道而来，开示真理的人。这里指寺院佛像。**赤尽**：完全没有。

〔释〕上下句中巧妙嵌入兴善寺寺名中的"兴善"二字。

闺怨词三首（之二）
白居易

珠箔笼寒月①，
纱窗背晓灯。
夜来巾上泪，
一半是春冰。

〔注〕① **珠箔**：即珠帘。《汉武故事》："武帝起神室，以白珠织为箔。"唐·李白《陌上赠美人》诗："美人一笑褰珠箔，遥指红楼是妾家。"

〔释〕"晓灯"，点明少妇一夜未眠，终夜哀怨。徐增《说唐诗详解》："为何又说'一半是春冰'，那一半却是什么？盖既云夜来，则枕上有一半隔宿之泪，有一半新下之泪。隔宿之泪已冷，故成冰；新下之泪尚温，故未成冰也。'一半'二字，妙绝。"

赠苦行僧①

雍裕之

幽深红叶寺，
清净白毫僧②。
古殿长鸣磬，
低头礼昼灯。

〔注〕① **苦行僧**：苦修的僧侣。② **白毫僧**：白眉僧，即年老的和尚。**白毫**，白毛。晋·王嘉《拾遗记·春皇庖牺》："长头修目，龟齿龙唇，眉有白毫，须垂委地。"

古意

刘商

达晓寝衣冷,
开帷霜露凝。
风吹昨夜泪,
一片枕前冰。

〔释〕天冷，心更冷，故泪成冰。首联上句第三字本该用平声字，这里用仄声"寝"字，形成破平句，下句第三字本该为仄声，现用平声"霜"字拗救。

乱前上卢相①

司空图

虏黠虽多变②,
兵骄即易乘③。
犹须劳斥候④,
勿遣大河冰。

〔注〕① 乱前：指黄巢攻下潼关之前。卢相：指卢携。时为宰相,故称"卢相"。② 虏黠：敌人。这里指黄巢起义军。虏,指敌人、叛逆。《汉书·高帝纪上》："羽大怒,伏弩射中汉王。汉王伤胸,乃扪足曰：'虏中吾指！'"黠,狡猾。《战国策·楚策三》："今山泽之兽,无黠于麋。"③ 易乘：容易被侵犯。乘,欺凌,侵犯。《汉书·礼乐志》："世衰民散,小人乘君子。"④ 斥候：指进行侦察、候望的士兵。《左传·襄公十一年》："纳斥候,禁侵掠。"

十一尤

玩初月①

骆宾王

忌满光先缺②,
乘昏影暂流。
既能明似镜,
何用曲如钩。

〔注〕①《全唐诗》题注:"一作沈佺期诗。"玩:研讨;反复体会;玩味。《易经·系辞上》:"是故君子居则观其象而玩其辞,动则观其变而玩其占。"汉·张衡《思玄赋》:"玩阴阳之变化兮,咏《雅》《颂》之徽音。"② 忌满:月满则亏。比喻人事:"满招损,谦受益。"

〔释〕以月喻人。首联喻谦虚谨慎,尾联喻韬光养晦。

送人之金华①

严维

明月双溪水②,
清风八咏楼③。
昔年为客处④,
今日送君游。

〔注〕① 之:往,至。《诗经·墉风·载驰》:"百尔所思,不如我所之。"**金华**:地名。即今浙江省金华市。② **双溪水**:水名,在今浙江省金华市南。风景幽美。唐·李白《送王屋山人魏万还王屋》诗:"径出梅花桥,双溪纳归潮。"③ **八咏楼**:在浙江省金华市南、婺江北岸,南朝诗人沈约所建。原名"元畅楼",因沈约曾于此作《八咏诗》,后人改名"八咏楼"。④ **客处**:犹旅居。唐·崔曙《送薛据之宋州》诗:"客处不堪别,异乡应共愁。我生早孤贱,沦落居此州。"处,居住。《易经·系辞下》:"上古穴居而野处,后世圣人易之以宫室。"

〔释〕清·黄生《唐诗评》:"气局完密,绝无一字虚致,几欲与'白日依山尽'作争衡,所逊者兴象不逮耳。"

登鹳雀楼^①

王之涣

bái rì yī shān jìn
白日依山尽,

huáng hé rù hǎi liú
黄河入海流。

yù qióng qiān lǐ mù
欲穷千里目^②,

gèng shàng yī céng lóu
更上一层楼。

〔注〕① **鹳雀楼**：又名鹳鹊楼,因时有鹳雀栖其上而得名,位于山西省永济市蒲州古城西面的黄河东岸。始建于北周,由于楼体壮观,结构奇巧,加之周围风景秀丽,唐宋之际文人学士登楼赏景留下许多不朽诗篇,以这首诗最负盛名。此诗作者一作朱斌,诗题为《登楼》。② **穷**：使动用法。使尽；查究。《文子·上仁》："有言者穷之以辞,有谏者诛之以罪。"《汉书·张汤传》："及治淮南、衡山、江都反狱,皆穷根本。"《北史·魏汝阴王天赐传》："隋文帝遣穷之,使者簿责褒何故利金而舍盗。"

〔释〕此为登高写景诗篇。因登高而视野开阔,又因此楼在黄河东岸,举首西望天空,夕阳依山而下；再俯首东瞰,黄河东流入海。一天一地,一西一东,景色是何等浩瀚壮阔,胸怀是何等的博大。此景此情已达极致,而诗人并不满足,又以极富哲理的诗句"欲穷千里目,更上一层楼",把读者带到更高层次去赏景抒情。诗的前后两联都对仗,尤以首联对仗极其工稳。白、黄,同属颜色;山、海,同属地理;日、河,是天文对地理;尽、流,同属动词。尾联下句"更"字,这里为副词意为又、再;但"更"本来是动词,意为改正、改变。《论语·子张》:"君子之过也,如日月之食焉:过也,人皆见之;更也,人皆仰之。"这样,通过借义对,与上句动词"欲"形成对仗。

田园言怀

李 白

贾谊三年谪①,
班超万里侯②。
何如牵白犊③,
饮水对清流④。

〔注〕① **贾谊**:西汉初年著名政论家、文学家。文帝时任博士,迁太中大夫,受大臣周勃、灌婴排挤,谪为长沙王太傅,三年后被召回长安,为梁怀王太傅。② **班超**:东汉时期著名军事家、外交家。曾奉命出使西域,在三十一年的时间里,平定了西域五十多个国家,为西域回归、促进民族融合作出了巨大贡献。③ **何如**:何故。《史记·魏公子列传》:"今吾拥十万之众,屯于境上,国之重任,今单车来代之,何如哉?" **白犊**:白色的小牛。《淮南子·人间训》:"昔者宋人好善者,三世不解,家无故而黑牛生白犊。" ④ **饮水对清流**:比喻蔑视爵禄名位,风操高洁。语本晋·皇甫谧《高士传·许由》:"尧又召为九州长,由不欲闻之,洗耳于颍水滨。时其友巢父牵犊欲饮之,见由洗耳,问其故。对曰:'尧欲召我为九州长,恶闻其声,是故洗耳。'巢父曰:'……子故浮游俗间,求其名誉,污吾犊口。'牵犊上流而饮之。" **饮水**,给牲口喝水。

〔释〕清·王琦《李太白全集》:"诗意谓仕宦而不得志如贾谊一流,得志如班超一流,皆羁旅异方,不如巢、许隐居独乐,安步田园之为善也,其旨深矣。"下联的"何如"与"饮水"为参差对:"饮"对"如","水"对"何"。

即事

杜 甫

百宝装腰带^①,

真珠络臂鞲^②。

笑时花近眼^③,

舞罢锦缠头^④。

〔注〕① **百宝**：各种珍宝。② **真珠**：即珍珠。**络**：缠绕；捆缚。《楚辞·招魂》："秦篝齐缕,郑绵络些。"**鞲**：革制臂套。《说文·韦祁》："鞲（韛）,射臂决也。"③ **花近眼**：比喻笑容可掬。④ **锦缠头**：锦帛缠头。旧俗赏歌舞人以锦彩,置之头上,谓之锦缠头。

〔释〕这是诗人为舞妓所作。百宝、真珠,都是舞妓的装饰物,故形成对仗。

关中伤乱后①

殷尧藩

去岁干戈险,
今年蝗旱忧②。
关西归战马,
海内卖耕牛③。

〔注〕① **关中**:古地域名,所指范围不一。或泛指函谷关以西战国末秦故地(有时包括秦岭以南的汉中、巴蜀,有时兼有陕北、陇西);或指居于众关之中的地域。今指陕西渭河流域一带。《史记·项羽本纪》:"关中阻山河四塞,地肥饶,可都以霸。"唐·韩愈《归彭城》诗:"前年关中旱,闾井多死饥。"② **蝗旱**:指发生蝗灾及旱灾。③ **海内**:国境之内,全国。古谓我国疆土四面临海,故称。《孟子·梁惠王下》:"海内之地,方千里者九。"焦循《孟子正义》:"古者内有九州,外有四海……此海内,即指四海之内。"

〔释〕人祸(战乱)刚过,天灾(蝗旱)又至,可谓民不聊生。

隐月岫①

韦处厚

初映钩如线，
终衔镜似钩。
远澄秋水色②，
高倚晓河流③。

〔注〕① 此为《盛山十二诗》之一。盛山，在今四川开县。**岫**：峰峦。晋·陶潜《归去来辞》："云无心以出岫，鸟倦飞而知还。" ② **澄**：澄清，使清明。《后汉书·冯衍传下》："澄德化之陵迟兮，烈刑罚之峭峻；燔商鞅之法术兮，烧韩非之说论。" ③ **晓河**：拂晓时的银河。南朝·梁·何逊《和萧谘议岑离闺怨》诗："晓河没高栋，斜月半空庭。"

〔释〕首联写新月形象。黄昏时，新月初现如线。入夜时分，新月如圆镜，但只有如钩的月牙显现光芒。

陇上行①

王涯

负羽到边州②,
鸣笳度陇头③。
云黄知塞近,
草白见边秋④。

〔注〕① **陇上**：泛指今陕北、甘肃及其以西一带地方。晋·傅玄《惟庸蜀》诗："姜维屡寇边,陇上为荒芜。"② **负羽**：背负羽箭。指从军、出征。汉·扬雄《羽猎赋》："贲育之伦,蒙盾负羽,杖镆邪而罗者以万计。"③ **鸣笳**：吹奏笳笛。古代贵官出行,前导鸣笳以启路。亦作进军之号。三国·魏·曹丕《与梁朝歌令吴质书》："从者鸣笳以启路,文学托乘于后车。"**陇头**：陇山。借指边塞。南朝·宋·陆凯《赠范晔诗》："折花逢驿使,寄与陇头人。"④ **云黄、草白**：即云黄云白,草黄草白。边塞秋天萧条之象。唐·杜甫《寄彭州高三十五使君适、虢州岑二十七长史参三十韵》诗："陇草萧萧白,洮云片片黄。"

〔释〕首句入韵。

回文①

陆龟蒙

静烟临碧树,
残雪背晴楼。
冷天侵极戍②,
寒月对行舟。

〔注〕① **回文**:修辞手法之一。某些诗词字句,回环往复读之均能成诵。如南朝·齐·王融《春游回文诗》:"池莲照晓月,幔锦拂朝风。"回复读之则为:"风朝拂锦幔,月晓照莲池。"用这种修辞手法写的诗叫回文诗,用这种修辞手法写的对联叫回文联。这首诗回文即:"舟行对月寒,戍极侵天冷。楼晴背雪残,树碧临烟静。"押上声的二十三梗韵,成为古体五言绝句。② **极戍**:边塞的营垒。

〔释〕回文诗,往往只注重形式,难以形成内容和形式兼得的好诗。这首诗从律诗的角度看,也有瑕疵,那就是失黏。首联下句是以仄律(雪背)打头,根据律诗"黏对"的规则,尾联上句也必须是仄律打头,但这里却是平律(天侵)打头,失黏。

怨①

任 翻

泪干红落脸②,
心尽白垂头③。
自此方知怨,
从来岂信愁④。

〔注〕①《全唐诗》作《宫怨》。② **红落脸**：脸上的红粉脱落。比喻年老色衰。③ **白垂头**：白发覆盖头上。④ **从来**：历来。**岂**：何况。

〔释〕宫女年老色衰，岂能不怨。

题诗后
贾岛

二句三年得,
一吟双泪流。
知音如不赏①,
归卧故山秋②。

〔注〕① **知音**:比喻知己、同志。《列子·汤问》载:伯牙善鼓琴,钟子期善听琴。伯牙琴音志在高山,子期说"峨峨兮若泰山";琴音意在流水,子期说"洋洋兮若江河"。伯牙所念,钟子期必得之。唐·杜甫《哭李常侍峄》诗:"斯人不重见,将老失知音。"② **故山**:比喻家乡。汉·应玚《别诗》之一:"朝云浮四海,日暮归故山。"

〔释〕贾岛作诗锤字炼句精益求精,布局谋篇也煞费苦心。故有"二句三年得,一吟双泪流"之说。首联下句平仄本应为平平仄仄平,由于第一字改用仄声,打破了平律,于是第三字改用平声,打破仄律,形成新的平律(吟双)。

十二侵

红牡丹

王 维

绿艳闲且静①,
红衣浅复深②。
花心愁欲断③,
春色岂知心。

〔注〕① 绿艳：指牡丹花的绿叶。② 红衣：指牡丹花的红花。③ 愁：担心。

〔释〕且，《广韵》有两读：七也切，上声；子鱼切，平声。这里作平声看待。

梦后吟

顾况

醉中还有梦,
身外已无心①。
明镜唯知老,
青山何处深②。

〔注〕① **身外已无心**:指无心于身外的事。② **青山**:指归隐之处。唐·贾岛《答王建秘书》诗:"白发无心镊,青山去意多。"

〔释〕诗人梦中仍然壮心不已,但回到现实,自感年事已高,决意归隐。

山中即事①

郎士元

入谷多春兴②,
乘舟棹碧浔③。
山云昨夜雨④,
溪水晓来深⑤。

〔注〕① **即事**：以当前事物为题材的诗。宋·魏庆之《诗人玉屑·命意·陵阳谓须先命意》："凡作诗须命终篇之意，切勿以先得一句一联，因而成章，如此则意不多属。然古人亦不免如此，如述怀、即事之类，皆先成诗，而后命题者也。"一般用为诗词题目。② **春兴**：春游的兴致。唐·皇甫冉《奉和对山僧》诗："远心驰北阙，春兴寄东山。"③ **棹**：划船。《后汉书·张衡传》："号冯夷俾清津兮，棹龙舟以济予。"**碧浔**：绿水边。唐·元稹《桐花》诗："丹凤巢阿阁，文鱼游碧浔。"④ **雨**：降雨。《诗经·小雅·大田》："雨我公田，遂及我私。"唐·韩愈《袁州祭神文》之一："以久不雨，苗且尽死。"⑤ **深**：加深。动词。

四气①

雍裕之

春禽犹竞啭，
夏木忽交阴②。
稍觉秋山远，
俄惊冬霰深③。

〔注〕① **四气**：指春、夏、秋、冬四时的温、热、冷、寒之气。《礼记·乐记》："奋至德之光，动四气之和，以著万物之理。"唐·冯著《行路难》诗："春秋四气更回换，人事何须再三叹。"唐·白居易《送客春游岭南二十韵》诗："蓊郁三光晦，温暾四气匀。"② **忽**：迅速。《左传·庄公十一年》："桀纣罪人，其亡也忽焉。"《楚辞·离骚》："忽奔走以先后兮，及前王之踵武。"③ **冬霰**：冬天空中降落的白色小冰粒。南朝·梁·江淹《杂体诗·效颜特进〈侍宴〉诗》："桂栋留夏飙，兰橑停冬霰。"隋·江总《玄圃石室铭》："秋云卷闇，冬霰停阴。"

〔释〕抓住春夏秋冬四时的主要特点来写景，且将"春夏秋冬"四字依次嵌入诗句中。用"犹""忽""稍""俄"四个词点出时日消逝之快，字里行间透出时不我待的情感。

感寓

杜荀鹤

大海波涛浅，
小人方寸深①。
海枯终见底，
人死不知心。

〔注〕① **方寸**：指心、脑海。唐·刘知幾《史通·自叙》："始知流俗之士，难与之言。凡有异同，蓄诸方寸。"又可称"方寸心"。心处胸中方寸间，故称。晋·葛洪《抱朴子·嘉遁》："方寸之心，制之在我，不可放之于流遁也。"唐·贾岛《易水怀古》诗："我叹方寸心，谁论一时事。"

〔释〕世态炎凉，人心不可测。首联上句"波""涛"自对；下句"方""寸"自对。首联下句与前面贾岛《题诗后》第二句平仄变化相同，为破平又破仄的律句。

即事九首（之二）

司空图

十年深隐地①，
一雨太平心②。
匣涩休看剑③，
窗明复上琴。

〔注〕① **深隐地**：隐居地。**深隐**，这里指偏僻隐蔽。前蜀·杜光庭《虬髯客传》："择一深隐处，驻一妹，某日复会我于汾阳桥。"② **雨**：下雨。动词。这里意为润泽。汉·刘向《说苑·贵德》："吾不能以春风风人，吾不能以夏雨雨人。吾穷必矣！"③ **匣涩休看剑**：长期不用剑，剑生锈，造成匣涩。比喻乐于并习惯于隐居生活。

〔释〕诗人平静的退隐生活跃然纸上。

远意[1]

梁琼

脉脉长摅气[2],
微微不离心[3]。
叩头从此去[4],
烦恼阿谁禁[5]。

〔注〕① 远意：远方人的心意。这里疑指远嫁人的心意。② 摅：抒发。汉·班固《西都赋》："愿宾摅怀旧之蓄念，发思古之幽情。"③ 离：《全唐诗》："一作'动'。"④ 叩头：伏身跪拜，以头叩地。这里疑指女子出嫁前向父母叩拜养育之恩。⑤ 阿谁：疑问代词。谁，何人。《乐府诗集·横吹曲辞五·紫骝马歌辞》："十五从军征，八十始得归。道逢乡里人：'家中有阿谁？'"禁：忍受。唐·杜牧《边上闻笳》诗之一："游人一听头堪白，苏武争禁十九年？"

〔释〕末句"恼"与"脑"同音。借音与上句"头"对。禁，读 jīn，不读 jìn。

送朱大入秦①

孟浩然

游人五陵去②,
宝剑值千金。
分手脱相赠③,
平生一片心④。

〔注〕① **朱大**:作者友人,生平不详。姓朱,兄弟中排行第一,故称。② **游人**:游子、旅客,此处指朱大。**五陵去**:离开五陵。**五陵**,长陵、安陵、阳陵、茂陵、平陵五县的合称,均在渭水北岸今陕西咸阳市附近。唐代指唐高祖、太宗、高宗、中宗、睿宗的陵园,均在长安附近。③ **脱**:解下。《庄子·寓言》:"脱屦户外。"④ **平生**:旧交,老交情。唐·杨衡《送郑丞之罗浮中习业》诗:"何当真府内,重得款平生。"

〔释〕清·黄生《唐诗评》:"士之怀才欲试,如宝剑之出为世用,此平生之心也。"首联为参差对:"千金"对"五陵","值"对"去"。第一句第四字本该用仄声字,现用平声"陵"字,形成破仄句。第三句第三字本该用平声字,这里却用了仄声的"脱"字,形成破平句,王力认为这是半拗,可救可不救。

题慈恩塔①
荆 叔

汉国山河在②,
秦陵草树深③。
暮云千里色,
无处不伤心。

〔注〕① **慈恩塔**:即慈恩寺塔,因坐落在慈恩寺内,故称。亦称大雁塔。在今陕西省西安市。始建于唐高宗永徽三年(652)。慈恩寺是唐贞观二十二年(648)太子李治为了追念他的母亲文德皇后而建。② **汉国**:汉朝。也借指其他汉族王朝。《汉书·翟方进传》:"天休于安帝室,兴我汉国。"③ **秦陵**:秦始皇墓地。

〔释〕首联与杜甫五律诗《春望》的"国破山河在,城春草木深"难分伯仲。两诗写作时间孰前孰后,有待考证。

十 三 覃

广州江中作

张 说

去国年方晏①,
愁心转不堪。
离人与江水②,
终日向西南③。

〔注〕① **去国**:离开京城或朝廷。南朝·宋·颜延之《和谢灵运》诗:"去国还故里,幽门树蓬藜。"**晏**:晚,迟。《论语·子路》:"冉子退朝。子曰:'何晏也?'"唐·韩愈《崔十六少府摄伊阳以诗及书见投因酬三十韵》:"有时来朝餐,得米日已晏。"② **离人**:这里指离别的人;离开家园、亲人的人。晋·陶潜《赠长沙公族祖》诗:"敬哉离人,临路凄然。款襟或辽,音问其先!"张说是河南洛阳人,故有"离人"之说。③ **终日向西南**:张说曾流放钦州(在今广西壮族自治区南部),故有"终日向西南"之语。

〔释〕诗人目睹江水"终日向西南",感物思人,发此感叹。**江、水**,自对。**西、南**,自对。第三句第四字本该用仄声字,现用平声"江"字,形成破仄句。

忆家二首(之二)

殷尧藩

树拥溪边阁①,
山浮雨后岚②。
白头归未得,
梦里望江南③。

〔注〕① 拥:《广韵》于陇切,上声;《集韵》于容切,平声。这里依《广韵》作仄声看待。阁:楼阁。《淮南子·主术训》:"高台层榭,接屋连阁,非不丽也。"② 岚:山林中的雾气。南朝·齐·谢朓《临楚江赋》:"滔滔积水,袅袅霜岚。"③ 殷尧藩为浙江嘉兴人,故有"梦里望江南"之说。

〔释〕外乡越好,诗人的思乡之情越浓。

十 四 盐

绝句六首（之五）
杜 甫

舍下笋穿壁，
庭中藤刺檐。
地晴丝冉冉①，
江白草纤纤②。

〔注〕① **冉冉**：柔弱下垂的样子。三国·魏·曹植《美女篇》："柔条纷冉冉，叶落何翩翩。"② **纤纤**：细长的样子，柔细的样子。唐·孙鲂《柳》诗之二："春风多事刚牵引，已解纤纤学舞腰。"

〔释〕前二句写近景，尾联写远景。**穿**、**刺**，诗眼。首联上句第三字本该用平声字，现用仄声"笋"字，形成破平句，下句（对句）第三字本该用仄声字，现用平声"藤"字补偿。

偶书五首(之三)

司空图

蜀妓轻成妙,
吴娃狎共纤①。
晚妆留拜月,
卷上水精帘②。

〔注〕① **吴娃**:吴地美女。《文选·枚乘〈七发〉》:"使先施、征舒、阳文、段干、吴娃、闾娵、傅予之徒……嬿服而御。"李善注:"皆美女也。"**狎**:接近,亲近。《尚书·太甲上》:"予弗狎于弗顺,营于桐宫,密迩先王其训,无俾世迷。"孔安国传:"狎,近也。" ② **水精帘**:用水晶制成的帘子。比喻晶莹华美的帘子。唐·李白《玉阶怨》诗:"却下水精帘,玲珑望秋月。"

十 五 咸

留别四首（之二）
唐彦谦

野花红滴滴①，
江燕语喃喃。
鼓吹翻新调②，
都亭酒正酣③。

〔注〕① 红：这里意为呈现红色、变红。动词。宋·蒋捷《一剪梅·舟过吴江》词："流光容易把人抛，红了樱桃，绿了芭蕉。"**红滴滴**：变得非常红。② **鼓吹**：这里指演奏乐曲。《东观汉记·段颎传》："颎乘轻车，介士鼓吹。"唐·沈亚之《湘中怨解》："有弹弦鼓吹者，皆神仙娥眉。"**吹**，管乐器的吹奏。《礼记·月令》："（季秋之月）上丁，命乐正入学习吹。"③ **都亭**：都邑中的传舍。秦法，十里一亭。郡县治所则置都亭。《史记·司马相如列传》："于是相如往，舍都亭。"**酣**：《广韵》胡甘切，属于《平水韵》的"下平十三覃"韵部，其与本韵部为临近韵，可通押。

〔释〕**吹**，表示管乐器的吹奏。《广韵》尺伪切，去声。这里仍作仄声看待。

附录一
重构中国特色的语文启蒙教育

著名语言学家周有光曾拿当时我国的小学语文课本与苏联1944年版《俄罗斯联邦小学阅读课本》汉译本(1959年)做比较。"苏联课本的汉译本(共四册,一年级下期到四年级)有92万字,而我们的小学汉语课本(同样从一年级下期到四年级)只有16万字。二者的数量比例是六比一。"对此,笔者非常震惊,不敢相信。于是笔者也做了一个验证比较。笔者拿现行的、本世纪初出版的各家《语文》课本的电子文本,对小学一年级至四年级八册的语文课本,进行同类数字统计,包括课文及其课后的练习等所涉及的所有汉字,各家课本各自总容量都还是在16万字左右。

这是不是个案?不是。周先生做了上述比较之后,接着说:"应用拼音文字各国的语文课本在内容丰富性上是大致相似的。"[1]这句话让人联想起近代以来汉字落后、汉字难学的观点。

中外儿童在语文启蒙学习的道路上,出现了一个令人难以置信的真实画面:龟兔赛跑。难怪人们抱怨,中国儿童没有快乐的童年。中国儿童吃力地"爬"整整一周,外国儿童只要"跑"一天就赶上来了,令人心痛。

---

[1] 周有光,《周有光语文论集》第一卷,上海文化出版社2002年版,第206页。

这一令人心痛的事实是从什么时候开始的?为什么会出现这种令人心痛的事实?汉字真的落后,真的难学吗?我们该怎么办?终身从事语文教育的笔者,虽然退休,也责无旁贷,决心在有生之年给出一个回答和解决方案。

笔者经过多年研究,觉得在语文启蒙教育问题上存在一个走什么道路的问题。生物不同,选择的道路不同。兔跑得快,是因为它走的是陆路;龟游得畅,是因为它选择的是水道。让兔在水里游,可能被淹死;让龟在陆地上跑,只能慢慢爬。

中国的语言文字,特别是汉字,与所有拼音文字有着本质的区别。这就决定了中国语文启蒙教育要走自己的路,而不是跟在别人的屁股后面邯郸学步。否则,别人在跑,我们只能爬行。中国的语文启蒙教育,前人在两千多年的探索中,已经走出了不同于他国的、具有中国特色的、符合汉语汉字特点和儿童特点的语文启蒙教育之路。

一、中国特色语文启蒙教育的形成

中国使用汉字,它个数多,笔画多,按照一般思维,中国的语文启蒙教育理所当然从识字开始,而不是从读书开始。这一思路,最具代表性的是清代文字学家王筠,他说:"蒙养之时,识字为先,不必遽读书。先取象形、指事之纯体教之。识'日''月'字,即以天上日、月告之;识'上''下'字,即以在上在下之物告之,乃为切实。纯体既识,乃教以合体字。又须先易讲者,而后及难讲者。……能识二千字,乃可读书。"[①]王筠受人之托,编了一本《文字蒙求》。这本书是作为初步的认字课本用的。让六七岁的孩子用这样的书作认

---

① 王筠:《教童子法》,中华书局1985年版,第1页。

字教材,显然是有困难的,所以当时在启蒙阶段用这本书的很少。

(一) 韵文记诵,初识汉字

历朝历代的语文启蒙教育主流做法的第一步是韵文记诵,初识汉字。

中国古代语文启蒙课本不是如近现代以来那样,儿童入学的第一课是"开学了"三个字,或是"人手足刀尺"之类,而是整齐的韵文或如《诗经》一类的诗歌读本。

从西周到秦汉,陆续出现《史籀篇》《仓颉篇》《凡将篇》《训纂篇》《急就篇》等,被公认为是识字课本。西周时期的《史籀篇》,可惜早已亡佚,内容难以知晓。对此书内容人们也有不同推测,一种认为它是像后来的《急就篇》《千字文》之类的韵文。

西汉的《急就篇》一直完整保存至今,说明它是深受人们重视和喜爱的启蒙课本。"急就"是很快可以学成的意思。《急就篇》是一个尽可能避免重复字的三言、四言、七言的韵语读本。

秦统一天下,秦始皇令丞相李斯作《仓颉篇》。此书汉代以后亡佚。据1977年安徽阜阳双古堆1号墓发掘出土的《仓颉篇》竹简120余片看,也是整齐的韵文。

苍颉作书,以教后嗣。

幼子承诏,谨慎敬戒。

勉力讽诵,昼夜勿置。

苟务成史,计会辩治。

超等轶群,出尤别异。

初虽劳苦,卒必有意。

《千字文》是继《仓颉篇》《急就篇》之后的新的语文启蒙课本。相传,南北朝时期,南朝梁武帝萧衍命周兴嗣拓取王羲之1 000字不重者编为四言韵语而成,成书大约在公元535—543年间。《千字文》每4字一句,共250句,全文1 000字,无一字重复。

隋唐以来,《千字文》大为流行,背诵《千字文》被视为语文启蒙教育的捷径。它不是简单的单字堆积,而是条理分明、通顺可诵、咏物咏事的韵文。其内容又涉及自然、社会、历史、教育、伦理等多方面的知识。所选千字,大都是常用字,生僻字不多,便于识读。因流传甚广,以至此后商人账本的编号、考场试卷的编号、大部头书卷的编号,常采用"天地玄黄……"的字序,编成"天字某号""地字某号"等。兄弟民族地区也出现了满汉、蒙汉的对照本子。由于历代不少大书法家都曾书写它,更使《千字文》至今仍是学习各种书法的范本。

宋代出现的《三字经》,也是韵文。在中国历代识字课本当中,《三字经》是最浅显易懂的读本之一。语言通俗,句式简短整齐,朗朗上口。《急就篇》用三言、四言和七言,《千字文》一律用四言,而《三字经》全书一律用三言,比《千字文》还少一言。儿童习得语言是从一字词开始,然后二字词、三字词以至多字词,再到句子,逐步增多。所以它更适合低幼儿童学习。

《百家姓》是一篇关于中文姓氏的文字。据文献记载,成文于北宋初。原收集姓氏411个,后增补到568个,其中单姓444个,复姓124个。《百家姓》采用四言体例,对姓氏进行了排列,而且隔句押韵。

《百家姓》与《三字经》《千字文》并称"三、百、千",成为中国自宋代以来幼儿的基本识字课本,举世无双。这种语文启蒙教育模式,笔者把它称为"韵文记诵,初识汉字"。老师如何教"三、百、千"呢?张志公说:"《千字文》和《三字经》里的文句,有些是儿童能懂的,也有很多是儿童不能懂,或者不能全懂的。前人教这些书,主要是要求儿童认得一个一个的字的模样,能念能背,并不要求句句会讲,教的时候,大致是略微讲解一下,孩子们懂多少算多少,所以考查的时候只叫背,并不要求回讲。其甚焉者就干脆完全不讲,只管叫孩子硬念,硬记,硬背。这一向是我们对前人识字教学方法非难得最厉害的一点。"[1]历朝历代的识字课本虽然各异,但"韵文记诵,初识汉字"的主线贯穿始终。其他形式的识字做法始终成不了气候。在成人看来,"赵钱孙李,周吴郑王",不过是姓氏用字的汉字串,但在儿童看来,那就是文章,记诵它就是在读书。

在儿童初识汉字后,仍继续教韵文,那就是让儿童读《诗》,或读《千家诗》。

儿童在韵文识字的基础上,古人重视儿童背诵诗歌。孔子在训诫自己的儿子鲤时说:"不学诗,无以言。"并把读《诗》提高到学"礼"的高度。由此可知,孔子修《诗》《书》,从某种意义上说,是在为包括儿童在内的受教育者编教材。

到了宋代,出现专为儿童选编的诗歌教材,这就是《千家诗》。

现在流传的《千家诗》是由宋代谢枋得《千家诗》(皆七言绝句、律诗)和明代王相所选《五言千家诗》合并而成。它所选诗篇都是律诗和绝句,因此它也成为我国旧时带有启蒙性质的诗歌选本。因为它所选的诗歌大多是唐宋时期的名家名篇,易学好懂,题材多样:山水田园、赠友送别、思乡怀人、吊古伤今、咏物题画、侍宴应制,较为广泛地反映了唐宋时代的社会现实,所以在民间流传非常广泛,影响也非常深远。

明代吕坤说:"每日遇童子倦怠懒散之时,歌诗一章,择古今极浅、极切、极痛快、极感发、极关系者集为一书,令之歌咏,与之讲

---

[1] 张志公:《传统语文教育初探》,上海教育出版社1962年版,第35页。

说,责之体认。"①

到了明清两代,《千家诗》与《三字经》《百家姓》《千字文》同样成为儿童启蒙教育的必读教材,世称"三、百、千、千"。刘鹗在《老残游记》第七回里描写道:"所有方圆二三百里学堂里用的'三、百、千、千'都是在小号里贩得去的。一年要销上万本呢!"

郭沫若五岁入"家塾",他在《我的童年》中回忆道:"我们家塾的规矩,白日是读经,晚来是读诗。"他还进一步回忆说:读诗"虽然是一样的不能全懂,但比较起什么《易经》、《书经》、《周礼》、《仪礼》等等,总要算有天渊的悬隔了。""关于读诗上有点奇怪的现象,比较易懂的千家诗给予我的铭感很浅,反而是比较高古的唐诗给了我莫大的兴会。"②可见儿童是喜欢读诗的,就是"高古"的唐诗也是儿童所喜爱的。

韵文启蒙最具有典型意义的是《百家姓》。《百家姓》在中国语文启蒙教育中极大成功的意义,永远大于其自身在识字教学中的贡献。清末政府把它视为文言文,加以废除。《百家姓》是文言文吗?在笔者看来,《百家姓》既不是文言文,也不是白话文。《百家姓》是什么?首先,它是汉字串,是不表达任何意义的姓氏用字汉字串。不过,这个汉字串在形式上具有两个特点:第一是整齐。它们都是每四个字串在一起的。第二是押韵。每两个汉字串后都有一个韵脚,形成韵文形式。读起来朗朗上口,记起来句句不忘。它为我们教幼童初识汉字提供了最典型的成功经验,而这个成功经验只能在具有音乐美的汉语中获得。不表达任何语义的汉字串韵文能帮助儿童识字,那赋予意义的整齐韵语不是更能帮助儿童

---

① 吕坤:《社学要略》,《吕坤全集(中)》,中华书局2008年版,第993页。
② 郭沫若:《我的童年》,新蕾出版社1980年版,第13、14页。

识字吗？

（二）读经，培养阅读习惯

儿童通过记诵"三、百、千、千"，认识了常用字之后，就去读《四书》《五经》，这时读《四书》《五经》，只要能断句记诵即可，不要求理解。这一做法，一般被近现代视为糟粕。张志公说：

> 封建社会的儿童，学过"三，百，千"之后，就该读《四书》了。让那么小的孩子（八九岁，甚至更小）读《四书》，实在为时过早，里边讲的许多道理都是孩子们无法理解的，于是无可避免地只能仍旧采取教"三，百，千"的办法，要孩子们硬记，硬背。教《四书》，原是要用"圣贤"的思想去教育学生的，不像集中识字阶段教《三字经》，首要目的在让学生认得书里那些字。进行思想教育而使学生不懂，显然是不行的。所以，过早地教《四书》，采用跟教"三，百，千"差不多的办法，这在传统教育中可以说是糟粕的一面，无足取。①

是的，用"圣贤"的思想去教育学生可能是封建教育者的想法。但是，学生在记诵韵文诗歌中，刚刚培养的阅读习惯才暂时形成，还需要巩固。这时继续采用记诵"三，百，千"的办法来读《四书》《五经》，撇开内容不谈，仅就养成儿童阅读习惯方面说，是完全必要的。

语文启蒙教育的一个重要方面就是要儿童养成读书习惯。良好的读书习惯，不是一天养成的，一蹴而就的，需要长期持续培养。在读书中识字，在识字后持续读书，保持阅读不间断，特别是记诵不间断，才能养成良好的读书习惯，否则必将迷途而废。

儿童是良好读书习惯养成的关键时期。旁若无人的高声诵

---

① 张志公：《传统语文教育初探》，上海教育出版社 1962 年版，第 40 页。

读,往往只能出现在儿童时期。苏联著名教育实践家和教育理论家苏霍姆林斯基在《给教师的建议》里说,那些七年级学生出现的阅读困难是在他小学三、四年级没有养成阅读习惯造成的,而且是不可逆转的。他的结论是:

> 不会阅读并不是智力发展上的什么不正常情况的后果,而相反的是,不会阅读阻碍了抽象思维的发展。我们对三百多个在小学时没有训练出流利阅读的牢固技能的少年和成年人的脑力劳动情况进行了观察。我们想在他们身上像在小学的完善学习的正常条件下那样培养出这种技能,但是没有任何一例取得成功。①

我国传统启蒙教育极其重视句读教学,除了汉语书面语没有标点符号的原因外,那就是在教如何读书,即按照句读要求一句一句畅读。单个识字而不读书,长此以往,读书势必形成一字一字顿读,而不是一句一句畅读。我想,王筠的《文字蒙求》没有流行开来,也可能就是这个原因。

(三) 对课训练,精用汉字

对课,就是对对子,古代叫"属对"。老师教一些对对子常识,然后老师出上字(上联),学生对下字(下联),形成一种遣词(字)造句的教学形式,就是属对教学。如果把"韵文记诵"看成意在"初识汉字",那么,"对课训练"则意在"精用汉字"。汉字仅仅初识是不够的,既要巩固,还要提高。运用便是极好的巩固和提高。

对课训练是韵文识字、阅读后的一种语文实际运用训练。蔡元培把它看成是造句:

> 对课与现在的造句法相近。大约由一字到四字,先生出上联,

---

① 苏霍姆林斯基:《给教师的建议》(下册),杜殿坤编译,教育科学出版社1981年版,第313页。

学生想出下联来。不但名词要对名词,静词要对静词,动词要对动词;而且每一种词里面,又要取其品性相近的。例如先生出一"山"字,是名词,就要用"海"字或"水"字来对他,因为都是地理的名词。又如出"桃红"二字,就要用"柳绿"或"薇紫"等词来对他;第一字都用植物的名词,第二字都用颜色的静词。别的可以类推。这一种功课,不但是作文的开始,也是作诗的基础。①

张志公还同时把对课训练看成是语音训练、词汇训练、语法训练、修辞训练和逻辑训练等的综合训练。② 在笔者看来,对课训练还是对立统一思想的训练。儿童在启蒙教育中接受一点对立统一思想的训练,将受益终生。

对课训练,是让学生在一个字对一个字、两个字对两个字、三个字对三个字的对答"实战"中,逐步学会组词造句的。它为日后作诗属文积累了"金砖"、贮存了"碧瓦",还为理解和运用句型奠定了基础。传统语文启蒙教育将对课训练安排在韵文识字之后和读经之中开展,它既巩固了识字教学,又为作文教学打好了基础。

对课训练历来受到语文启蒙教育的重视。中国现代著名的文学家、思想家鲁迅在《从百草园到三味书屋》里写道(当时他十一二岁):"我就只读书,正午习字,晚上对课。先生最初这几天对我很严厉,后来却好起来了,不过给我读的书渐渐加多,对课也渐渐地加上字去,从三言到五言,终于到七言。"由此,笔者推测,鲁迅的一言对、二言对是在入"三味书屋"前的私塾中学习的。

古代老师所留作业,往往是属对作业。《红楼梦》第九回说,贾

---

① 蔡元培:《我在教育界的经验》,《蔡元培选集》,中华书局1959年版,第328页。
② 张志公:《传统语文教育初探》,上海教育出版社1962年版,第102页。

府私塾老师贾代儒因家里有事,不能来上课,"只留下一句七言对联,命学生对了,明日再来上书,将学中之事,又命贾瑞暂且管理"。

评价学生前途命运的标准也是属对习得的好坏。《红楼梦》第八十八回写宝玉帮助贾环对对子。贾环受到老师表扬,就买蝈蝈儿送给宝玉,宝玉又转手孝敬贾母。宝玉因谈到蝈蝈儿的来历,扯出贾环对不来对子和贾兰对出对子受到老师表扬的事情。书中写道:

宝玉笑道:"实在是他(指贾兰)作的。师父还夸他明儿一定有出息呢。老太太不信,就打发人叫了他来亲自试试,老太太就知道了。"贾母道:"果然这么着我才喜欢。我不过怕你撒谎。既是他做的,这孩子明儿大概还有一点儿出息。"

属对至少在宋代就成为基础语文教学的主要课程之一,一直延续到清末,前后达上千年。

对课学习并不难,比现在的造句训练还容易,而其质量还则要高得多。现在小学二年级就要求学生造句了。时下的造句训练,是老师给学生一个学过的词,然后让学生说出或写出一句话。这时的小学生,只能凭借其可怜的生活经历和不健全的话语胡乱造个句子。不仅小学生的语言得不到升华,还将养成马虎潦草、随意说话或造句的不良习惯。而对课训练则不同。老师在告知学生对课训练的程序和要求后,老师出上句,要求学生对下句。这上句等于给学生一个范句,学生在对下句时,就有了标杆,有了规矩,学生就会"循规蹈矩"地说话或造句,不会漫无边际地随意说话或造句。这样所造的句子,其质量一定比漫无边际随意所造的句子高许多。同时,对课训练所造的句子,一般都比较短,小学阶段一般只在一言至五言范围内,学生容易把握。

对课训练比时下的造句,更高明的一点是能够增强学生的辩证思维意识。对课的上下句讲究对仗,它以对仗的形式,将学生的辩证思维意识贯穿起来。

(四)读写分步走,以读为主,继续培养读书习惯

汉字数量大,笔画繁多,写字教学便成为汉字教学的一个重要环节,也是中国语文启蒙教育的一个难点。针对这一特点,在文言文时代,汉字的识读与书写教学是分步进行的。比如在记诵《千字文》时,并不是按《千字文》的"天地玄黄,宇宙洪荒……"所出现的汉字同步要求学生书写,而是依照汉字书写的难易另外设计一套。清人褚人获曾说:"小儿习字,必令书'上大人,丘乙己,化三千,七十士,尔小生,八九子,佳作仁,可知礼'也。天下同然,不知何起。"①在敦煌变文的《敦煌掇琐》里,收集了一页这样的字串:"上大夫丘乙己化三千七十二女小生八九子牛羊万日舍屯……"与褚人获所说接近,考古学家将其看成是为儿童写字用的。这些要求写的字串,绝大多数是独体字,字形结构简单,笔画不多,写起来容易。这证明,读书识字与写字分步走,至少从唐代就开始了。

读写分步走,是在给儿童读书让路。写字以不打断儿童读书为目的,旨在继续培养儿童的读书习惯。

写字,也分几个步骤。第一步是用毛笔写大字,大字写到有了一定基础才写小字。写大字,也有步骤,"首先描红(有的还先把腕,就是老师拿着儿童的手来写),描仿影,进一步是写'米'字格,再进一步临帖"②。笔者是新中国成立后入学读书的。那时的课本虽然是"新学"影响下的课本,但读书与写字还是延续私塾习惯,小学一、二年级是不写字的。毛笔写字的墨研磨、纸平铺、笔沾墨

---

① 褚人获:《坚瓠集》壬集卷四。
② 张志公:《传统语文教育初探》,上海教育出版社1962年版,第37页。

等工序是一、二年级儿童操作不了的。笔者亲历了这种写字过程。那时写字,学生家长用小于现在的八开纸那么大的草纸或毛边纸,对折成双页,然后装订成写大字的白纸本子,双页就成了套页。老师(有的是学生家长)写一张小于白纸本的楷书大字,投入套页的夹缝中,学生写字,需用镇尺压住,让老师所写的楷书大字影像显于纸面,学生依纸面影像写字。那时,我们称这种写字形式为蒙帖写字,也就是张志公所说的"描仿影"。

二、中国特色语文启蒙教育的语言文字学依据

中国是诗歌大国和对联大国。汉语诗歌押韵,"西洋诗不押韵是普遍的现象"①。几千年来,韵文识字、诗歌启蒙的极大成功,形成了中国特色的语文启蒙教育。这些与西方不同的文字和语文启蒙教育的形成及成功是以汉语言文字为基础的。

(一) 汉语语音特点为中国诗歌大国地位及语文启蒙教育的韵文识字读书两不误奠定了基础

首先,汉语的音节组合规则不同于英语。普通话的音节结构比较简单,通常是单辅音加元音;基本每个音节都有元音,没有辅音组合的音节。(《现代汉语词典·音节表》共列1 233个音节,其中没有元音音节的只有9个。9个辅音音节共收录汉字4个,其中只做方言用字的两个;另外两个都是单音节叹词,没有再组成双音节或多音节词。)普通话的元音占优势,音节分明。元音是乐音,是音节的核心。有了元音,读起来声音响亮悦耳,具有音乐美。

其次,普通话大多数音节以元音结尾,没有以两个辅音结尾的音节,这就为汉语押韵提供了语音基础。而英语音节的首尾常出

---

① 冯胜利:《汉语韵律诗体学论稿》,商务印书馆2015年版,第33页。

现辅音群,即两个及两个以上的辅音组合;英语中经常出现最后的重读音节带辅音结尾。这就是英语诗歌大多难以押韵的内在原因,故而也就没有韵文教学经验可言。

再次,英语和汉语都讲究节奏,但两者节奏搭配不同。英语的节奏讲究轻重搭配;而普通话的节奏讲究声调搭配,在律诗中讲究平仄搭配。声调变化的实质是音高的变化,音乐中的音阶变化也是音高的变化。因此,汉语声调又再一次放大了汉语的音乐美。著名歌唱家蒋大为先生在声乐界提出"中国唱法",他说:"什么叫唱歌?唱歌是语言的发展和延续,唱歌就是在音符上说话,说出高低、强弱、快慢以及各种速度和各种感情符号。……唱歌就是说话,是有旋律的说话,你在旋律当中说话。所以就像你所提的这个问题一样,最简单的办法,其实也不是我的办法,老祖宗说:唱歌要字正腔圆。先把话说明白了,话说对了再唱就对了。""唱歌就是说话",他把唱歌与说话画上了等号。这是其他语言无法做到的。这个奥秘在哪里?奥秘就在汉语元音和声调。

当代作家韩少功一次在清华大学文学院演讲,介绍了朦胧诗人多多在英国伦敦经历的一件事:多多"曾经在英国伦敦图书馆朗诵诗,一位老先生不懂中文,但听得非常激动,事后对他说,没想到世界上有这么美妙的语言。这位老先生是被汉语的声调变化迷住了,觉得汉语的抑扬顿挫简直就是音乐"[1]。

第四,汉语的音节都有意义,一个音节就是一个词。这为诗歌的齐整美创造了条件。音节齐整的为诗,音节长短不齐的为口语。

第五,汉字与汉语的音节一一对应。汉字又称方块字,一个字占一个方块。每个汉字,不论笔画多少,都占有同样大小的一个方

---

[1] 韩少功:《现代汉语再认识》,《天涯》2005年第2期。

块空间。语言学家、英语教育家许国璋说:"汉字是方块字,没有形变,它用词的手段表示性、数、格、时,一旦表示清楚,即免去一切冗余符形。'两个人'的'两'已经表示了数,'人'就不需表示。'她很美'、'她'表示性,美不需表示。'我爱她','她'当然是宾格,不需更多的形态。'今天早晨我五点起身','今天'表示了时,'起身'就不再表示。汉语合理的词法和句法本身是一种凝聚剂。"①汉语的一个音节仅用一个汉字表示,这就把诗歌听觉上的整齐美带到了书面语的视觉整齐美中,于是在中国出现了三言诗、四言诗、五言诗、七言诗等独特现象。

上述汉语语音特点,成就了中国的诗歌大国地位,创造了对联这个独特的文字样式。中国人在说话时,时不时会蹦出一两句顺口溜或打油诗之类来,都是由汉语语音特点决定的。在中国,学语言就要学诗。"诗言志,歌咏言"(《尚书》语),"不学诗,无以言"(孔子语)。诗歌易记又难忘。那些有表情达意状物抒怀内容的韵文更容易记忆,那些没有任何意义的汉字串(汉语音节),只要押韵,背诵了就能记住不忘。识字课本《百家姓》就是一个典型例子。行业中的歌诀、秘诀等,也是利用汉语押韵这个特点来帮助记忆的。

(二) 汉语的构词组句特点为对偶文学及对课训练奠定了基础

汉语的构词组句特点,这里只说两点。

第一,汉语是从单音节词发展起来的。

朱德熙说:"要是跟印欧语比,经常提到的有两点:一是说汉语是单音节语,二是说汉语没有形态。""如果单音节语的意思是说汉语的语素(morpheme)绝大部分是单音节的,那是符合事实的。"

---

① 许国璋:《文明和文化》,《外语教学与研究》,1990 年第 2 期。

"说汉语缺乏印欧语里名词、形容词、动词那些性、数、格、时、人称的变化,那自然也符合事实。"①

上古汉语基本上是单音节词,每个音节都有意义。以此为基础发展成为以双音节词为主的现代汉语。当今世界,日新月异,千变万化,新词新语层出不穷。有限的1 200多个单音节理论上可以组成150多万个双音节词。仅双音节词就是新版《辞海》收录的12万多个词条的十几倍。同时,在单音节组成多音节词时,其首尾或两者之间不需要另加语音,可直接叠加。这就为语文启蒙教育以少驭多提供了条件。抓住了汉语单音节这个词根,就抓住了汉语多音节词的命脉。对课中的一言对扩展到二言对、三言对、四言对等,与汉语以单音节词为词根组成双音节词、三音节词、四音节词完全一致。

第二,汉语的句子构造规则与词组的构造规则基本一致。

郭绍虞在《汉语语法修辞新探》里说:"汉语的句法构造规则与词法构造规则是基本一致的。"②他的观点成为学界的共识。

朱德熙认为:"汉语句子的构造原则跟词组的构造原则基本上是一致的。""印欧语里句子的构造与词组的构造不同。"③汉语中只要抓住了词组的构造就抓住了句法构造。一千多年来的对课教育,正是利用汉语的这一特点以简驭繁而开展的语文启蒙教育。学会了构词法就等于学会了构句法。

三、中国特色语文启蒙教育的中断

然而,近代以来帝国主义列强侵华,国门被打破,民族自信心

---

① 朱德熙:《语法答问》,商务印书馆1985年版,第2页。
② 郭绍虞:《汉语语法修辞新探》,商务印书馆1979年版,第5页。
③ 朱德熙:《语法答问》,商务印书馆1985年版,第4页。

发生动摇。1902年,清政府在考察了西方拼音文字的语文启蒙教育之后,颁布《钦定蒙学堂章程》,宣布废除文言文,改用白话文教学。该章程对蒙童识字开始进行所谓的改革,废除《三字经》《百家姓》《千字文》,即废除了韵文识字这个有效方法。次年颁布的《奏定初等小学堂章程》中规定了进一步识字教育的办法:"第一年:讲动字、静字、虚字之区别,兼授以虚字与实字联缀之法;习字,即以所授之字告以写法。"听说读写,一步到位。一切向西方拼音文字的语文启蒙教育看齐,在"改革"的大旗下,开始走向背离中国传统语文启蒙教育的道路。后来清政府是被打倒了,但这种所谓"新学"却一直延续了下去。这样的"改革",就连当时主张改革的时贤也看不下去。胡适当时就批评说:"现在有些小学国语教科书上说:'一只手,两只手;左手,右手。'教员认真地教,对于低能儿可以行得,因为他们资质笨了,还得用这种笨教法。"[1]然而,并未因为有如此激烈批评而使后来的启蒙课本就有所改观。儿童接受启蒙教育的第一课往往还是"开学了"三个字。

这就引起了社会的进一步反思,觉得"新学"解决不了汉字的"难识、难记、难写"(钱玄同语)问题,于是提出了废除汉字的主张。废除汉字谈何容易,著名语言学家赵元任一首《石室诗士食狮史》打油诗,将这些人废除汉字的如火热情给浇灭了。汉字无法废除,语文启蒙教育又无法停止,怎么办?只好继续这种低能儿的"笨教法"。1932年由叶圣陶编写、丰子恺绘图的《开明国语课本》出版了。其第一课全部内容是:"先生,早。""小朋友,早。"8册课本(小学一至四年级)内容总量,据笔者的统计是62 293字。该课本先后印行40余次,深受"新学"课堂的欢迎。当然,对课训练理所当

---

[1] 胡适:《胡适学术文集·语言文字研究》,中华书局1993年版,第312页。

然地在"新学"课堂中悄然消失。

不过,当时的有识之士并没有停止部分恢复传统语文启蒙教育的呼吁。接受过传统教育,还留学德国,当过教育总长,主持过"新学"的管理,曾任北京大学校长的蔡元培把对课看成是造句。不过他的呼吁并不能阻止"新学"的大潮。"新学"增开科学教育,它与科学救国相呼应,显示出强大的生命力。覆巢之下无完卵,几千年来摸索出的符合汉语文特点的传统语文启蒙教育在"新学"的大潮中被冲得无影无踪。这时,背诵"三,百,千,千"、开展对课训练等具有中国特色的语文启蒙教育只能在当时个别私塾中见到。

新中国建立后,沿着"新学"的路子走,语文启蒙教育课程内容虽有增加,但没有根本转变。《四书》《五经》被视为封建糟粕,"三、百、千"等韵文识字课本也被视为封建糟粕,被彻底废除。对此,习近平主席一针见血地指出:"我很不希望把我们一些非常经典的古代的诗词文化、散文都给去掉,加入一堆什么西方的东西,我觉得去中国化是很悲哀的。这些诗词都好。从小就嵌在学生的脑子里,成为终生的民族文化基因。"这就为我们重构中国特色的语文启蒙教育指明了方向。

四、重构中国特色语文启蒙教育的设想

笔者在"四个自信",特别是文化自信的思想指导下,提出重构中国特色的语文启蒙教育的设想。

重构中国特色的语文启蒙教育,不是一人之力所能及,也不是一日之功所能成。笔者这里只提几点近期可做的建议。

首先,坚持"韵文识字,同步读书",并将其下移至四五岁幼儿中实施。采取的途径可以是:

(1)在幼儿园,幼儿通过儿歌自然识读 1 000 至 1 500 个最常

用汉字。唱儿歌,看由儿歌编成的儿歌动画片(片中配音同步要显示汉字),同步跟唱,同步舞蹈,同步背诵。背诵儿歌不强求,作为娱乐来开展背诵儿歌活动,让儿童在享受背诵儿歌的快乐中记忆儿歌。

(2) 反复播放健康优美的儿童故事录音,如孙敬修的《孙悟空》等,培养儿童的听读能力。以听为主,然后对照与故事录音一致的故事书要求幼儿大声朗读。读多少算多少,也绝不强求。

其次,儿童入学,在学习了汉语拼音之后,即诵读如《三言对韵》《四言对韵》和《唐人五言律绝200首》之类的韵文和诗歌,培养儿童的良好阅读习惯。

第三,取消小学用铅笔写字,减轻小学生的学习负担。

汉字个数多,笔画多,写字成为儿童的沉重负担。中国儿童原来用毛笔写大字,因为笔墨的不便,儿童一般到十岁以上才学写字。铅笔传入中国后,儿童开始写字的时间被提前到六岁甚至更小。著名心理学家朱智贤做过调查,八岁以前用铅笔写小字,不仅损害儿童的视力,还伤害儿童的稚嫩手指,日后将影响握笔姿势和写字速度。过分强调写字,必然占去儿童读书的时间,对养成儿童良好的读书习惯极为不利。"近几十年来,初学写字不用毛笔而用石笔和铅笔……再加上一般地要求认字和写字并进,于是不得不让初入学的儿童一开始就捏着小手,毫无依傍地把笔画繁多的字装在小小的方格里。这,实在有点难为孩子。难为一点也罢,这样入手学写字,恐怕是终究学不好而不得不养成马虎潦草习惯的一个原因。"[①]常用汉字几千个,如此写下去,小学生负担能不重吗?字写不好,还养成马虎潦草的习惯,这样的教学还应该继续下

[①] 张志公:《传统语文教育初探》,上海教育出版社1962年版,第38页。

去吗？

　　现在是信息时代，社会上，现在还在用手写字的人群中，除了书法家及书法爱好者外，就只有在校学生了。这是社会的进步，它为我们避开汉字书写这个致命弱点创造了条件。学生现在为什么还要学写字，那是为了考试。如果考试改笔答为"机答"，他们还需要那么早用铅笔学写字吗？

　　"机答"至少要有两个条件：一是要具备机器设备，二是学生具备机器回答技能。具备机器设备，需要社会提供；具备机器回答技能，需要学生掌握。中国现在为学生"机答"提供机器设备，我想大多数城镇眼下就可以做到。掌握机器回答技能也不难，现在小学三年级就开设计算机课程，深受小学生欢迎，他们一学就会。至于输入汉字，因为他们已经学过汉语拼音，用拼音输入法输入汉字，比成人输入还来得快。用拼音输入法输入汉语的词，还可巩固汉语拼音学习成果，提高普通话水平。

　　当然，汉字的书写教学还是要开展的。书画同源，它应该在美术课中开展。用毛笔书写汉字，才能得到汉字书写的真谛。在教授毛笔写汉字的过程中，有条件的也可以将汉字的字形分析穿插进去，做到析字写字相得益彰。

　　汉字一旦克服了书写方面的弱点之后，与拼音文字比较，就能尽显优势。同时，全社会都用"机写"，还可保持汉字形体的长期稳定。汉字从甲骨文、金文、小篆、隶书、楷书、行书一路走来，形体不断变化，其推手就是手写。手写是个人独立行为，同样一个汉字，各人写法不同；同一个人，在不同环境和不同时间，写法也不相同。个人写字随意性极大，不利于汉字形体的稳定。"机写"就不同了。作为"机写"的个人，只有选择不同形体汉字的权利，没有更动汉字形体的权利。如此长期"机写"下去，就不会出现古今书不同文的问题。我们的子孙后代,沟通古今比我们现在的人沟通古今还要方便得多,不需要文字学家参与。这是中华民族的大幸。

第四,恢复对课训练,继续以对偶文学样式锤炼字词。这正是我们在网上开展对课教学的初衷。

以上这些建议,写出来仅供参考。但笔者也无意只出题目让别人来做,现就恢复对课训练做点努力,编成《三言对韵》《四言对韵》和《唐人五言律绝200首》,以便在语文启蒙教育中增加中国元素,讲好中国故事。这三本书既可作为韵文识字读本,也可作为三言、四言、五言对课训练的范本。

附录二
五言律绝常识

文学是语言的艺术。语言有共性，也有个性。不同的语言可以产生相同的文学样式；也可能产生不同的文学样式，比如汉语产生了其他语言无法产生的对联。即使是相同的文学样式，在不同的语言中必将有属于这种语言特点的文学属性。诗是文学的一种。汉语有着不同于其他语言的特点，因此，汉语的诗必然有着不同于西洋诗的特点。律诗是汉语特点的集中体现，这主要体现在两个方面。首先，律诗和所有的汉语诗歌一样都押韵，而西洋诗大都不押韵。这是因为汉语的每个音节都含有元音的缘故。其次，在汉语诗中，律诗是最讲究声调旋律的。这是因为汉语声调分明的缘故。

律诗、律绝的韵律

笔者在附录一中曾经说过，普通话的元音占优势，音节分明。元音是乐音，是音节的核心。有了元音，读起来声音响亮悦耳，具有音乐美。这为诗歌的押韵提供了语音条件。汉字的韵母，没有不包含元音这个乐音基因的。中国诗歌押韵正是在凸显强化汉语的乐音基因。

我们知道,旋律是音乐的基本要素。汉语诗歌要得到音乐的旋律,首先就是要凸显强化汉语的韵母。旋律的本质是重复。汉语诗押韵的本质是韵母的重复。所谓押韵,是汉语诗词歌赋的各个句子在其同一位置出现韵母相同的字,形成韵母重复,以便诵读起来声韵和谐。韵母相同的字常用于偶句句尾。一首诗,至少要在同一位置(一般在句尾)重复出现两个韵母相同的字才能产生音乐旋律的效果。汉语诗歌中用至少重复出现两个韵母相同的字来形成音乐旋律效果,我们称其为"汉语诗的韵律",简称"韵律"。

中华民族的韵律觉醒比较早。在中国文学中,诗歌是最早出现的文学样式。中国诗词,从《弹歌》《诗经》到后代的诗词,一般是没有不押韵的。即使是现在,在不押韵的西洋诗影响下,不押韵的诗,中国的老百姓一般还是不认其为诗的。因此,韵律成了中国诗词的一个基本要素。

我国最古老的诗歌总集《诗经》是押韵的诗集,比《诗经》年代还久远的《弹歌》,被认为是流传下来的中国最古老的诗。它是一首反映原始社会狩猎生活的二言诗:

　　断竹,

　　续竹;

　　飞土,

　　逐肉。

竹、肉,在上古和中古,韵同,因此该诗押韵。

如果是偶句押韵,单句不押韵,那么,一首诗至少是四句。如果再加上每句字数相等,那就可以形成一首被人们称之为绝句的诗。绝句就是每句字数相等,句数不能再少的有韵律的诗。由此看来，四句是能够形成诗歌韵律的最少诗句。这是汉语诗押韵的规律决定的，而不是某个人能够左右的。如果每句是五个字的，称为五言绝句，简称五绝；如果每句是七个字的称为七言绝句，简称七绝。绝句常见的是五绝和七绝。一首五绝共四句20个字；一首七绝共四句28个字。

本来绝句每句里的字，其声调运用是自由的，后来人们认识到汉语的声调后，诗人在做诗时，在追求韵律的同时，还追求声调的旋律。同时追求韵律又追求声调旋律的诗，人们称其为"律绝"。这样，讲究声调旋律的五言绝句，就叫"五言律绝"；讲究声调旋律的七言绝句，就叫"七言律绝"。统称律绝。这时，为了区别，人们便把原来不太讲究声调旋律的绝句称为"古绝"。上述《弹歌》便是一首二言古绝。王力曾说："不了解诗歌的形式格律，不能彻底了解诗歌的内容，也谈不上充分的欣赏。"

律绝句数翻倍便成为律诗，所以律诗都是八句。律绝和律诗的句数定型化，其决定因素是汉语诗歌的韵律。

同时，律绝的韵还有一个要求，那就是韵脚（押韵的字）还必须都是平声字，也是为了进一步凸显强化韵律。这是因为，平声字高平激昂，可以拉长，用平声字更能凸显强化韵律。韵脚是仄声字的律绝极其罕见，如王维的《杂诗》、柳宗元的《江雪》等。

在律诗（包括律绝）的韵脚中，诗人们所用的平声字，本来就是用当时人们口语的平声字。可能是因为方言的问题，需要统一规范，于是便出现了韵书，供做诗的人参考。韵书一出，诗人做诗时就严格按照韵书规定的韵部做诗。长此以往，再加上科举考试的强化，即使语音变迁了，人们做诗还是按照韵书规定的韵部来做。

律诗，发端于南北朝，成熟于盛唐。因此，后世律诗也一直按隋唐时期的口语声调来分别韵部。隋代出了一本名叫《切韵》的书,它既是如同今天的字典,供人查阅汉字,又是一本供诗人做诗参考的韵书。后来这本书失传了,人们便用宋代出的《广韵》为依据来分别汉字的韵部。这样,中古《广韵》就成了律诗分别韵部的标准。与此同时,金代也出了一部韵书,叫《平水韵》,也成为后世做诗分别韵部的标准。笔者将平水韵中平声30个韵目中所包含的字截取出来,并参考王力的《诗韵举要》,编成《律诗韵目字表》,作为附录供读者参考。

五言律绝的平仄旋律

前面说过,汉语的声调是汉语的又一乐音基因。汉语的声调古已有之,但人们自觉认识到汉语的声调要比认识韵律晚得多,大约在汉代末年。汉语声调一经自觉认识,就为律诗的产生创造了条件。

平仄是汉语里面声调的两大类。平声,包括阴平和阳平,声调高平,可以拉长,便于歌咏。仄声就是不平,有的先降后升,有的由高下降到低,有的短促,不便拉长。它与平声相对。仄声,包括上声、去声和古代的入声。今天普通话里没有入声。原来的入声,在今天普通话里都演变为阴平、阳平、上声和去声。原来的平声字,今天一般演变为阴平或阳平字。

平声扬,仄声抑,平仄交错,抑扬顿挫,说话如同唱歌。

平仄如何交错才能产生音乐上的旋律,是律诗必须研究的课题。

前面说过,音乐旋律本质上是重复。那平仄如何重复才能产生平仄旋律呢?是"平仄平仄……"(仄平仄平……),还是"仄仄平平……"(平平仄仄……)呢?古人发现,两个连续的平声或两个连续的仄声可以形成平仄旋律。两个平仄旋律交错形成律句,两个律句形成律联,两个律联形成律绝,两个律绝形成律诗。律绝、律诗的句、联及其本身都是按音乐旋律的路子走的。至于律绝和律诗产生孰前孰后，则又是一个问题，这里且不讨论。

一、律句

在汉语诗歌的句子中，有的诗句，往往包含两个平声连续重复或两个仄声连续重复而形成的具有音乐旋律的句子。由两个平声重复所形成的旋律，笔者称之为"平声旋律"，简称"平律"；而由一个仄声重复所形成的旋律，笔者称之为"仄声旋律"，简称"仄律"。平声旋律和仄声旋律合起来叫做"平仄旋律"。

（一）标准律句

在标准的五言律诗（包括五言律绝）中，每句便包含一个平律和一个仄律。两个平仄旋律交错排列，再加一个单个的平声或仄声，便能形成语言上的抑扬顿挫。这样，标准的律句的平仄格式便是：仄律＋平律＋仄（或平）；平律＋仄律＋平（或仄）。这里单个的平声或仄声在句末的。如果单个的平声或仄声打头，就成了：仄（或平）＋平律＋仄律；平（或仄）＋仄律＋平律。单个的平声或仄声在句中，就成了：仄律＋平（或仄）＋平律；平律＋仄（或平）＋仄律。

用平仄形式来表示，单个的平声或仄声在句末的，即：

A. 仄仄　平平　仄

B. 平平　仄仄　平

这是最基本的五言平仄律句。如单个的平声或仄声在句中的，其平仄格式为：

C. 平平　平　仄仄

D. 仄仄　仄　平平

（我们把句末变为仄声的排在前，把句末变为平声的排在后，然后依次编号,下同。)

C式和D式也可将单个的平声或仄声视为在句首的:

C1. 平　平平　仄仄

D1. 仄　仄仄　平平

(单个的平声或仄声在句中或视为在句首,其形成的平仄次序排列完全一样,只是停顿的位置有别,故仍用C或D来编号,下同。)

A式与B式句末的平仄互换,则形成:

E. 平平　仄仄　仄

F. 仄仄　平平　平

如果将E和F式中单个的平声或仄声放在句中,其平仄格式为:

E1. 平平　仄　仄仄

F1. 仄仄　平　平平

A式与B式句末的单个平声或仄声放在句首,则形成:

G. 仄　平平　仄仄

H. 平　仄仄　平平

以上每个诗句里都包含一个平律和一个仄律,是标准的律句。

标准的律句是律诗和律绝常见的句式,或者说是律诗和律绝的基本句式。我们仅仅在本书"一东"韵目所选律绝中就可以找到很多这样的例子。

A式(仄仄　平平　仄)律句,例如:

菊酒携山客——张说《九日进茱萸山诗五首》(之三)

井邑斜连北——翁承赞《题壶山》

雨久莓苔紫——徐锴《秋词》

桂密岩花白——王勃《冬郊行望》

月出惊山鸟——王维《鸟鸣涧》

海上神山绿——窦巩《游仙词》

野水千年在——高蟾《渔家》

B式(平平　仄仄　平)律句,例如：

茱囊系牧童——张说《九日进茱萸山诗五首》(之三)

云山道欲穷——高适《封丘作》

荒凉恨不穷——司空图《秦关》

蓬瀛直倚东——翁承赞《题壶山》

霜浓薜荔红——徐锴《秋词》

梨疏树叶红——王勃《冬郊行望》

溪边杏树红——窦巩《游仙词》

闲花一夕空——高蟾《渔家》

C式(平平　平　仄仄　或C1式：平　平平　仄仄)律句,例如：

秋高岩溜白——翁承赞《题壶山》

相思春欲尽——崔道融《寄人二首》(之一)

江皋寒望尽——王勃《冬郊行望》

D式(仄仄　仄　平平　或D1式：仄　仄仄　平平)律句,例如：

日上海波红——翁承赞《题壶山》

未遣酒尊空——崔道融《寄人二首》(之一)

月照玉楼空——窦巩《游仙词》

E式(平平　仄仄　仄　或E1式：平平　仄　仄仄)律句：

浮香绕曲岸——卢照邻《曲池荷》

相看两不厌——李白《独坐敬亭山》

朱栏映晚树——白居易《池西亭》

梅当陇上发——杨衡《边思》

那堪一夜里——杨凝《花枕》

寒暄**一夜**隔——李福业《岭外守岁》
唯看**万树**合——杜牧《龙丘途中二首》(之一)
山深**不吟**赏——顾况《梅湾》
高风**不借**便——郑愔《咏黄莺儿》
终知**不自**润——骆宾王《挑灯杖》
那堪**闲永**巷——皇甫冉《秋怨》
穿沙**碧𬞟**净——韩愈《竹溪》
风吹**昨夜**泪——刘商《古意》
山云**昨夜**雨——郎士元《山中即事》

F式(仄仄 平平 平 或F1式：仄仄 平 平平)律句,在本书中只有一例：

夜静春山空——王维《鸟鸣涧》

G式(仄 平平 仄仄)律句,例如：

路疑随**大隗**——张说《九日进茱萸山诗五首》(之三)
揣摩惭**黠吏**——高适《封丘作》
蝶犹迷**剪翠**——雍裕之《剪彩花》
虎狼秦**国破**——司空图《秦关》
井梧纷**堕砌**——徐铉《秋词》
不知何**处去**——窦巩《游仙词》
近来浮**世狭**——高蟾《渔家》

H式(平 仄仄 平平)律句,例如：

心似**问鸿**蒙——张说《九日进茱萸山诗五首》(之三)
栖隐**谢愚**公——高适《封丘作》
人岂**辨裁**红——雍裕之《剪彩花》
狐兔**汉陵**空——司空图《秦关》
寒雁**远横**空——徐铉《秋词》

归念断征蓬——王勃《冬郊行望》

何似钓船中——高蟾《渔家》

(二) 非标准律句

在律诗中,不是所有句子都能达到标准,往往不是仄律被打破,就是平律被打破。仄律被打破的,只要平律还能保持,古人仍然视其为律句。当然,这样的律句便是非标准律句。非标准律句大致有以下几种:

1. 破仄律的律句(简称"破仄句")

(1) Apz 式:平仄 平平 仄 (pz,意为"破仄"。平,表示本该是仄声,现被打破成为平声,下同。)

Apz 式是 A 式(仄仄 平平 仄)律句,打破其中的仄律"仄仄"为"平仄"所形成的。这是律诗中常见的律句。古人似乎重视律句的平律,而忽视仄律,所以破仄句一般不作补救。我们仍以本书中的诗句为例:

江旷春潮白——王勃《早春野望》

迟日江山丽——杜甫《绝句二首》(之一)

州县才难适——高适《封丘作》

形胜今虽在——司空图《秦关》

林鸟频窥静——司空图《即事九首》(之七)

清景持芳菊——李德裕《题罗浮石》

衰鬓闲生少——司空图《即事九首》(之四)

还似钱唐夜——白居易《池西亭》

回首三分国——殷尧藩《张飞庙》

为问青云上——高蟾《即事》

人日兼春日——张继《人日代客子》

冬去更筹尽——李福业《岭外守岁》

黄叶因风下——章玄同《流所赠张锡》
　　幽鸟穿篱去——司空图《即事九首》(之九)
　　窗迥侵灯冷——李商隐《微雨》
　　高贾虽难敌——司空图《退居漫题七首》(之五)
　　肌细分红脉——司空图《村西杏花二首》(之二)
　　稍觉真途近——卢照邻《游昌化山精舍》
　　愁逐前年少——张说《岳州守岁二首》(之一)
　　长信多秋气——皇甫冉《秋怨》
　　吟咏霜毛句——白居易《吟元郎中白须诗兼饮雪水茶因题壁上》
　　尊里看无色——白居易《尝新酒忆晦叔二首》(之一)
　　西蜀三千里——杨凌《送客之蜀》
　　花缺伤难缀——司空图《退居漫题七首》(之一)
　　珠箔笼寒月——白居易《闺怨词三首》(之二)
　　明月双溪水——严维《送人之金华》
　　明镜唯知老——顾况《梦后吟》
　　稍觉秋山远——雍裕之《四气》

(2) Bpz式：平平　平仄　平

　Bpz式是B式(平平　仄仄　平)打破其中的仄律"仄仄"为"平仄"所形成的，如：

　　青娥红粉妆——李白《浣纱石上女》
　　春风花草香——杜甫《绝句二首》(之一)
　　空中闻异香——王昌龄《题僧房》
　　长悬离别情——刘皂《边城柳》
　　全忘城阙情——(佚名)《袁少年诗》
　　银鞍冯子都——李益《金吾子》

中国[花]尽开——张九龄《答太常靳博士见赠一绝》
逶迤[千]骑回——徐凝《酬相公再游云门寺》
青青[重]岁寒——吕太一《咏院中丛竹》
宫中[河]汉高——刘方平《长信宫》
欢迎[今]岁多——张说《岳州守岁二首》(之一)
寒飘[黄]叶多——白居易《雨中题衰柳》
溪虚[云]傍花——杜甫《绝句六首》(之六)
庭中[藤]刺檐——杜甫《绝句六首》(之五)
贫村[才]数家——钱珝《江行无题一百首》(之四十三)
青山[何]处深——顾况《梦后吟》
俄惊[冬]霰深——雍裕之《四气》
开帷[霜]露凝——刘商《古意》
今年[蝗]旱忧——殷尧藩《关中伤乱后》

(3) Epz式：平平　仄[平]　仄

Epz式,是E式(平平　仄仄　仄)打破其中的仄律的"仄仄"为"仄[平]"所形成的：

人闲桂[花]落——王维《鸟鸣涧》
黄昏莫[攀]折——李益《金吾子》
常吟反[招]隐——白居易《山中戏问韦侍御》
秋江共[僧]渡——司空图《渡江》
空歌拔[山]力——于季子《咏项羽》
开元一[株]柳——白居易《勤政楼西老柳》
无人折[烟]缕——李中《途中柳》
山林若[无]虑——司空图《漫题三首》(之三)
依迟动[车]马——王维《别辋川别业》
寒梅最[堪]恨——李商隐《忆梅》

离人与 江 水——张说《广州江中作》

这种句式,就是王力在《诗词格律》中所说的"特定的一种平仄格式"。为什么叫"特定的",王力没有说。笔者认为是 E 式(平平仄仄 仄)打破其中的仄律所形成的。

(4) Fpz 式: 平 仄　平平　平

Fpz 式是 F 式(仄仄　平平　平)打破其中的仄律"仄仄"后形成的:

重 忆餐霞人——刘禹锡《和游房公旧竹亭闻琴绝句》

轻 叶强能飞——王绩《建德破后入长安咏秋蓬示辛学士》

花 蔓宜阳春——李白《紫藤树》

还 望将如何——王勃《别人四首》(之二)

烦 恼阿谁禁——梁琼《远意》

2. 破平律的律句(简称"破平句")

(1) App 式: 仄仄　仄平　仄　(pp,意为"破平"。仄,表示本该是平声,现打破后形成仄声,下同。)

App 式是 A 式(仄仄　平平　仄)中的平律"平平"被打破形成"仄平":

舍下 笋穿壁——杜甫《绝句六首》(之五)

尚有 竹间路——刘禹锡《和游房公旧竹亭闻琴绝句》

达晓 寝衣冷——刘商《古意》

律诗中的例子,如:

小宅 里间接——白居易《小宅》

(2) App1 式: 仄仄　平仄　仄

App1 式是 A 式(仄仄　平平　仄)中的"平平"被打破形成"平仄"。这就是人们常说的律诗八病之一的"蜂腰",即前后两个仄律中间夹一个单个的平声字。如:

敢竞桃李色——雍裕之《剪彩花》

古人极其重视律句中的平律（平平），所以 B 式（平平　仄仄平）基本上看不到仅仅打破平律的例子。而上述 A 式被打破平律的两种格式，一般就不再与相对应的标准律句相对。具体我们将在下面的"律联"部分中给大家介绍。

3. 平仄律均被打破的律句（简称"破平仄句"）

（1）Apzp 式：平仄　仄平　仄　（pzp，意为"破仄平"）

Apzp 式是 A 式（仄仄　平平仄）中的仄律（仄仄）和平律（平平）都被打破后而形成的：

初谓鹊山近——李白《陪从祖济南太守泛鹊山湖三首》（之一）

船下广陵去——李白《夜下征虏亭》

江动月移石——杜甫《绝句六首》（之六）

兵火有余烬——钱珝《江行无题一百首》（之四十三）

因为平律打破后，句子没有了平律，对句往往也要跟着打破，以适应出句，关于这一点也将在"律联"中具体说明。

（2）Bppz 式：仄平　平仄　平　（ppz，意为"破平仄"）

Bppz 式是 B 式（平平　仄仄　平）既打破平律"平平"，又打破仄律"仄仄"后形成的。由于它在打破平仄律后，重新在诗句中形成平律（第二、三字均为平声字），常被诗词格律分析家称为"当句自救"。例如：

宁知湖水遥——李白《陪从祖济南太守泛鹊山湖三首》（之一）

月明征虏亭——李白《夜下征虏亭》

永无萘下尘——刘禹锡《和游房公旧竹亭闻琴绝句》

钓船横竹门——杜荀鹤《钓叟》

一吟双泪流——贾岛《题诗后》
小人方寸深——杜荀鹤《感寓》

二、律联

律诗共八句，依次每两句为一联，分为四联：首联（第一、二句）、颔联（第三、四句）、颈联（第五、六句）、尾联（第七、八句）。律绝只有四句，分为两联：首联（第一、二句）、尾联（第三、四句）。律诗或律绝，无论哪一联的上下句平仄旋律都必须相反。上下联的平仄旋律要求，我们将在下面的"律绝、律诗"部分中介绍。这里谈律联。

律诗的词语对仗，一般只要求其中间的两联，即颔联（第三、四句）、颈联（第五、六句）。至于首尾两联是否要对仗，不作原则要求，可对仗，可不对仗。但无论哪一联的上下句平仄旋律都必须对立，没有例外。律绝的词语对仗要求比律诗的要求要宽些，它的首尾两联均可不对仗。当然，首尾两联均对仗，或首尾两联中任意一联对仗，都是允许的。而平仄旋律要求与律诗一样，没有例外，都必须对立。这样，律绝就形成了多种形式的律联。

（一）标准律句相互联对形成的律联

1. A、B 式律联

仄仄平平仄

平平仄仄平

这是最常见的律联。如本书"一东"韵目所选诗篇中就有：

菊酒携山客

茱囊系牧童——张说《九日进茱萸山诗五首》（之三）

桂密岩花白

梨疏**树**叶红——王勃《冬郊行望》

井邑斜连北

蓬瀛**直**倚东——翁承赞《题壶山》

海上神山绿

溪边**杏**树红——窦巩《游仙词》

野水千年在

闲花**一夕**空——高蟾《渔家》

2. C、D 式律联

平平平仄仄

仄仄仄平平

仍以本书所选诗篇为例：

惭君能卫足

叹我远移根——李白《流夜郎题葵叶》

人烟生僻处

虎迹过新蹄——杜甫《复愁十二首》（之一）

朝憎莺百啭

夜妒燕双栖——白居易《闺怨词三首》（之一）

秋高岩溜白

日上海波红——翁承赞《题壶山》

遥知双彩胜

并在一金钗——张继《人日代客子》

蛩鸣谁不怨

况是正离怀——雍裕之《秋蛩》

相思春欲尽

未遣酒尊空——崔道融《寄人二首》（之一）

唯馀幽径草

尚待日光催——张九龄《答太常靳博士见赠一绝》

遗簪唯一去

责赏不重来——徐凝《酬相公再游云门寺》

犹须劳斥候

勿遣大河冰——司空图《乱前上卢相》

3. E、F 式律联

平平仄仄仄

仄仄平平平

律句的后三字，形成了三平尾，它虽然符合平仄格律，但古人认为它不好听，一般很少用。

4. G、H 式律联

仄平平仄仄

平仄仄平平

路疑随大隗

心似问鸿蒙——张说《九日进茱萸山诗五首》（之三）

夜风吹醉舞

庭户对酬歌——张说《岳州守岁二首》（之一）

报郎明月夜

歌曲动寒川——李白《秋浦歌十七首》（之十四）

故园留不住

应是恋弦歌——孟浩然《张郎中梅园中》

鸟栖知故道

帆过宿谁家——杜甫《绝句六首》（之六）

地晴丝冉冉

江白草纤纤——杜甫《绝句六首》（之五）

揣摩惭黠吏

栖隐谢愚公——高适《封丘作》
蝶犹迷剪翠
人岂辨裁红——雍裕之《剪彩花》
虎狼秦国破
狐兔汉陵空——司空图《秦关》
井梧纷堕砌
寒雁远横空——徐锴《秋词》
近来浮世狭
何似钓船中——高蟾《渔家》
白云何所为
还出帝乡来——章玄同《流所赠张锡》
不应长卖卜
须得杖头钱——王绩《戏题卜铺壁》
一声何满子
双泪落君前——张祜《何满子》
一声清溽暑
几处促流年——雍裕之《早蝉》
到头从所欲
还汝旧沧波——齐己《放鹭鸶》
霁云无处所
台馆晓苍苍——王绩《咏巫山》
愿随孤月影
流照伏波营——沈如筠《闺怨二首》(之一)
岁阑悲物我
同是冒霜萤——司空图《有感》
惜春春已晚

珍重草青青——司空图《退居漫题七首》（之一）

昔年为客处

今日送君游——严维《送人之金华》

泪干红落脸

心尽白垂头——任翻《怨》

醉中还有梦

身外已无心——顾况《梦后吟》

海枯终见底

人死不知心——杜荀鹤《感寓》

暮云千里色

无处不伤心——荆叔《题慈恩塔》

野花红滴滴

江燕语喃喃——唐彦谦《留别四首》（之二）

5. C、H 式（或 C1、H 式）律联

平平平仄仄

平仄仄平平

他乡临晚极

花柳映边亭——王勃《早春野望》

既能明似镜

何用曲如钩——骆宾王《玩初月》

戎衣何日定

歌舞入长安——骆宾王《在军登城楼》

花心愁欲断

春色岂知心——王维《红牡丹》

山花如绣颊

江火似流萤——李白《夜下征虏亭》

逻人横鸟道

江祖出鱼梁——李白《秋浦歌十七首》(之十一)

泥融飞燕子

沙暖睡鸳鸯——杜甫《绝句二首》(之一)

关山征戍远

闺阁别离难——白居易《闺怨词三首》(之三)

棕榈花满院

苔藓入闲房——王昌龄《题僧房》

峰峦多秀色

松桂足清声——(佚名)《袁少年诗》

知音如不赏

归卧故山秋——贾岛《题诗后》

无人织锦韂

谁为铸金鞭——李贺《马诗二十三首》(之一)

无因留得玩

争忍折来抛——司空图《村西杏花二首》(之二)

秋风能再热

团扇不辞劳——刘方平《长信宫》

街平双阙近

尘起五云和——司空图《早朝》

无人争晓渡

残月下寒沙——钱珝《江行无题一百首》(之四十三)

如来烧赤尽

惟有一群僧——李荣《咏兴善寺佛殿灾》

幽深红叶寺

清净白毫僧——雍裕之《赠苦行僧》

诗家通籍美

工部与司勋——司空图《退居漫题七首》(之五)

破巢看乳燕

留果待啼猿——司空图《退居漫题七首》(之四)

移家南渡久

童稚解方言——皇甫冉《同诸公有怀绝句》

经营衣食外

犹得弄儿孙——杜荀鹤《钓叟》

星坛鸾鹤舞

丹灶虎龙蟠——陆禹臣《赠吴生》

几时抛俗事

来共白云闲——温庭筠《地肺山春日》

能令人益寿

非止麝含香——李乂《元日恩赐柏叶应制》

6. E1、D 式律联

平平仄仄仄

仄仄仄平平

相看两不厌

只有敬亭山——李白《独坐敬亭山》

风吹昨夜泪

一片枕前冰——刘商《古意》

游人五陵去

宝剑值千金——孟浩然《送朱大入秦》

穿沙碧鲜净

落水紫苞香——韩愈《竹溪》

7. E1、H 式律联

平平仄仄仄

平仄仄平平

终知不自润

何处用脂膏——骆宾王《挑灯杖》

浮香绕曲岸

圆影覆华池——卢照邻《曲池荷》

朱栏映晚树

金魄落秋池——白居易《池西亭》

寒暄一夜隔

客鬓两年催——李福业《岭外守岁》

梅当陇上发

人向陇头归——杨衡《边思》

山深不吟赏

辜负委苍苔——顾况《梅湾》

高风不借便

何处得迁乔——郑愔《咏黄莺儿》

那堪闭永巷

闻道选良家——皇甫冉《秋怨》

山云昨夜雨

溪水晓来深——郎士元《山中即事》

8. G、D1 式律联

仄平平仄仄

仄仄仄平平

此行殊访戴

自可缓归桡——李白《陪从祖济南太守泛鹊山湖三首》（之一）

笑时花近眼

舞罢锦缠头——杜甫《即事》

夜来巾上泪

一半是春冰——白居易《闺怨词三首》(之二)

不知秋雨意

更遣欲如何——白居易《雨中题衰柳》

欲穷千里目

更上一层楼——王之涣《登鹳雀楼》

不知何处去

月照玉楼空——窦巩《游仙词》

别君犹有泪

学道谩经年——朱庆馀《杭州送萧宝校书》

鸟窥临槛镜

马过隔墙鞭——司空图《偶题》

纵令山鸟语

不废野人眠——灵一《送朱放》

倘随明月去

莫道梦魂遥——张文收《大酺乐》

汉廷求卫霍

剑佩上青霄——戴叔伦《赠张挥使》

过江千尺浪

入竹万竿斜——李峤《风》

一株新柳色

十里断孤城——刘皂《边城柳》

落花相与恨

到地亦无声——韦承庆《南行别弟》

两边俱拭泪

一处有啼声——张文恭《佳人照镜》

白头归未得

梦里望江南——殷尧藩《忆家二首》(之二)

晚妆留拜月

卷上水精帘——司空图《偶书五首》(之三)

远澄秋水色

高倚晓河流——韦处厚《隐月岫》

扁舟轻袅缆

小径曲通村——杜甫《绝句六首》(之三)

岂知千丽句

不敌一谚言——陆龟蒙《离骚》

一双金齿屐

两足白如霜——李白《浣纱石上女》

石沉辽海阔

剑别楚山长——(佚名)《绝句》

自君抛我去

此物共谁尝——白居易《尝新酒忆晦叔二首》

晓云天际断

夜月峡中长——杨凌《送客之蜀》

此外,首句入韵的还有两种:

9. H、B式律联

平仄仄平平(首句入韵)

平平仄仄平

天问复招魂

无因彻帝阍——陆龟蒙《离骚》

龙脊贴连钱

银蹄白踏烟——李贺《马诗二十三首》(之一)

10. D、B式律联

仄仄仄平平(首句入韵)

平平仄仄平

定定住天涯

依依向物华——李商隐《忆梅》

负羽到边州

鸣笳度陇头——王涯《陇上行》

渺渺戍烟孤

茫茫塞草枯——刘长卿《平蕃曲三首》(之二)

可是武陵溪

春芳著路迷——司空图《春山》

标准律句相互联对所形成的律联,可用下图表示:

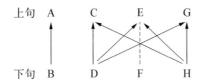

具体标准律句相互联对所形成的律联,笔者制成下表,供读者参考:

标准律句相互联对表

AB式律联	A. 仄仄　平平　仄 B. 平平　仄仄　平 例：日出篱东水 　　云生舍北泥 　　——杜甫《复愁十二首》(之一)	CH式律联	C1. 平　平平　仄仄 H. 平　仄仄　平平 例：泥融飞燕子 　　沙暖睡鸳鸯 　　——杜甫《绝句二首》(之一)

续 表

CD式律联	C. 平平　平仄仄 D. 仄仄　仄平平 例：惭君能卫足 　　叹我远移根 　　——李白《流夜郎题葵叶》	ED式律联	E1. 平平　仄仄仄 D. 仄仄　仄平平 例：穿沙碧簳净 　　落水紫苞香 　　——韩愈《竹溪》
EF式律联	E. 平平　仄仄　仄 F. 仄仄　平平　平 　律句的后三字，形成了三平尾，它虽然符合平仄格律，但古人认为它不好听，一般很少用。	EH式律联	E1. 平平　仄仄仄 H. 平　仄仄　平平 例：朱栏映晓树 　　金魄落秋池 　　——白居易《池西亭》
GH式律联	G. 仄平平　仄仄 H. 平　仄仄　平平 例：鸟栖知故道 　　帆过宿谁家 　　——杜甫《绝句六首》（之六）	GD式律联	G. 仄平平　仄仄 D1. 仄仄　仄平平 例：欲穷千里目 　　更上一层楼 　　——王之涣《登鹳雀楼》

从上表可以看出，标准律句 A 与 D、A 与 F、A 与 H、C 与 B、C 与 F、E 与 B、E 与 F、G 与 B、G 与 F 之间没有联对。这是因为上下句对应的平仄相同的太多，且看：

AD：<u>仄仄平</u>平<u>仄</u>

　　<u>仄仄</u>仄<u>平平</u>×

（下划线表示上下句平仄相同。）

AF：<u>仄仄平平</u>仄

　　<u>仄仄平平</u>平×

CB：<u>平平</u>平<u>仄仄</u>

　　<u>平平</u>仄<u>仄</u>平×

EB：<u>平平仄仄</u>仄

　　<u>平平仄仄</u>平×

AH：仄仄平平仄
　　平仄仄平平×
GB：仄平平仄仄
　　平平仄仄平×

(二) 标准律句与非标准律句相互联对形成的律联

1. 破仄律句与标准律句相互联对形成的律联

破仄律的句子,古人把它视作标准律句,可与标准律句相互联对。

(1) Apz、B式律联

平̇仄平平仄（A式：仄仄平平仄）
平平仄仄平

功̇盖三分国
名高八阵图——杜甫《八阵图》

还̇似钱唐夜
西楼月出时——白居易《池西亭》

州̇县才难适
云山道欲穷——高适《封丘作》

形̇胜今虽在
荒凉恨不穷——司空图《秦关》

林̇鸟频窥静
家人亦笑慵——司空图《即事九首》(之七)

清̇景持芳菊
凉天倚茂松——李德裕《题罗浮石》

衰̇鬓闲生少
丹梯望觉危——司空图《即事九首》(之四)

回̇首三分国

何人赋黍离——殷尧藩《张飞庙》

为问青云上

何人识卷舒——高蟾《即事》

衰谢当何忏

惟应悔壮图——司空图《偶书五首》（之一）

人日兼春日

长怀复短怀——张继《人日代客子》

冬去更筹尽

春随斗柄回——李福业《岭外守岁》

黄叶因风下

甘从洛浦隈——章玄同《流所赠张锡》

上联破仄，下联不变。

(2) A、Bpz式律联

仄仄平平仄

平平平仄平（B式：平平仄仄平）

玉面耶溪女

青娥红粉妆——李白《浣纱石上女》

彼此名言绝

空中闻异香——王昌龄《题僧房》

上苑春先入

中园花尽开——张九龄《答太常靳博士见赠一绝》

湿屈青条折

寒飘黄叶多——白居易《雨中题衰柳》

为近东西路

长悬离别情——刘皂《边城柳》

自有山林趣

全忘 城 阙情——(佚名)《袁少年诗》

擢擢当轩竹

青青 重 岁寒——吕太一《咏院中丛竹》

梦里君王近

宫中 河 汉高——刘方平《长信宫》

去岁干戈险

今年 蝗 旱忧——殷尧藩《关中伤乱后》

下联破仄,更不理会。

(3) Epz、D式律联

平平仄 平 仄(E式:平平仄仄仄)

仄仄仄平平

无人折 烟 缕

落日拂溪桥——李中《途中柳》

城中展 眉 处

只是有元家——白居易《吟元郎中白须诗兼饮雪水茶因题壁上》

上联破仄,下联不问。

(4) Epz、H式律联

平平仄 平 仄(E式:平平仄仄仄)

平仄仄平平

依迟动 车 马

惆怅出松萝——王维《别辋川别业》

离人与 江 水

终日向西南——张说《广州江中作》

开元一 株 柳

长庆二年春——白居易《勤政楼西老柳》

黄昏莫[攀]折.

惊起欲栖乌——李益《金吾子》

秋江共[僧]渡.

乡泪滴船回——司空图《渡江》

空歌拔[山]力.

羞作渡江人——于季子《咏项羽》

无人折[烟]缕.

落日拂溪桥——李中《途中柳》

山林若[无]虑.

名利不难逃——司空图《漫题三首》(之三)

寒梅最[堪]恨.

常作去年花——李商隐《忆梅》

上联仄律虽然被打破,由于没有打破平律,因而下句无需补救。

(5) G、Fpz式律联

仄平平仄仄

[平]仄平平平(F式:仄仄平平平)

送君南浦外.

[还]望将如何——王勃《别人四首》(之二)

一闻流水曲.

[重]忆餐霞人——刘禹锡《和游房公旧竹亭闻琴绝句》

叩头从此去.

[烦]恼阿谁禁——梁琼《远意》

2. 破平律句或破平仄律句与标准律句相互联对所形成的律联

(1) App、B式律联

仄仄[仄]平仄(A式:仄仄平平仄)

平平仄仄平

水急ⓒ舟疾
山花拂面香——李白《秋浦歌十七首》(之十一)

(2) A、Bppz 式律联

仄仄平平仄

仄平平仄平(B式：平平仄仄平)

二句三年得
一吟双泪流——贾岛《题诗后》

大海波涛浅
小人方寸深——杜荀鹤《感寓》

下联平律被打破，跟着也打破仄律，以便形成新的平律。这就是诗词格律分析家所说的当句自救。

(3) Apzp、B 式律联

平仄仄平仄(A式：仄仄平平仄)
平平仄仄平

炉火照天地
红星乱紫烟——李白《秋浦歌十七首》(之十四)

分手脱相赠
平生一片心——孟浩然《送朱大入秦》

此外，首句入韵的，如：

(4) D、Bpz 式：

仄仄仄平平(首句入韵)
平平平仄平(B式：平平仄仄平)

绣帐博山炉
银鞍冯子都——李益《金吾子》

常见标准律句与非标准律句联对表

式	句式	式	句式
ApzB式律联	Apz. 平仄平平仄 B. 平平仄仄平 例：功盖三分国 　　名高八阵图 ——杜甫《八阵图》	EpzH式律联	Epz. 平平仄平仄 H. 平平仄仄平 例：开元一株柳 　　长庆二年春 ——白居易《勤政楼西老柳》
ABpz式律联	A. 仄仄平平仄 Bpz. 平平平仄平 例：玉面耶溪女 　　青娥红粉妆 ——李白《浣纱石上女》	GFpz式律联	G. 仄平平仄仄 Fpz. 平仄仄平平 例：一闻流水曲 　　重忆餐霞人 ——刘禹锡《和游房公旧竹亭闻琴绝句》
EpzD式律联	Epz. 平平仄平仄 D. 仄仄仄平平 例：城中展眉处 　　只是有元家 ——白居易《吟元郎中白须诗兼饮雪水茶因题壁上》	ABppz式律联	A. 仄仄平平仄 Bppz. 仄平平仄平 例：二句三年得 　　一吟双泪流 ——贾岛《题诗后》
AppB式律联	App. 仄仄仄平仄 B. 平平仄仄平 例：水急客舟疾 　　山花拂面香 ——李白《秋浦歌十七首》（之十一）	ApzpB式律联	Apzp. 平仄仄平仄 B. 平平仄仄平 例：分手脱相赠 　　平生一片心 ——孟浩然《送朱大入秦》

（三）非标准律句相互联对所形成的律联

1. Apz、Bpz 式律联

平仄平平仄（A式：仄仄平平仄）

平平平仄平（B式：平平仄仄平）

迟日江山丽

春风花草香——杜甫《绝句二首》（之一）

愁逐前年少

欢迎 今 岁多——张说《岳州守岁二首》(之一)
明 镜唯知老
青山 何 处深——顾况《梦后吟》
稍 觉秋山远
俄惊 冬 霰深——雍裕之《四气》
常 恐秋风早
飘零 君 不知——卢照邻《曲池荷》

上联破仄,下联也破仄,这就形成了所谓"一、三、(五)不论"的格局。

2. App、Bpz 式律联

仄仄 仄 平仄(A式:仄仄平平仄)
平平 平 仄平(B式:平平仄仄平)

舍下 笋 穿壁
庭中 藤 刺檐——杜甫《绝句六首》(之五)

远羡 五 云路
逶迤 千 骑回——徐凝《酬相公再游云门寺》

达晓 寝 衣冷
开帷 霜 露凝——刘商《古意》

在律诗的上句(出句)平律被打破,形成"孤平"后,下句(对句)的仄律就随之被打破,以适应上句破平。这便是诗词格律分析家们所说的:出句拗,对句跟着拗以适应出句的拗。下面的"3""4""5""6""7""8"式律联均同此。

3. Apzp、Bpz 式律联

平 仄 仄 平仄(A式:仄仄平平仄)
平平 平 仄平(B式:平平仄仄平)

江 动 月 移石

溪虚|云|傍花——杜甫《绝句六首》（之六）

兵|火|有|余烬

贫村|才|数家——钱珝《江行无题一百首》（之四十三）

4. Apzp、Bppz 式律联

平|仄|仄|平仄（A 式：仄仄平平仄）

仄|平|平|仄平（B 式：平平仄仄平）

船|下|广|陵去

月|明|征|虏亭——李白《夜下征虏亭》

初|谓|鹊|山近

宁|知|湖|水遥——李白《陪从祖济南太守泛鹊山湖三首》（之一）

5. Eppz、Fpz 式律联

仄|平|仄|平|仄（E 式：平平仄仄仄）

平|仄|平|平|平（F 式：仄仄平平平）

紫|藤挂|云|木

花|蔓宜阳春——李白《紫藤树》

6. App1、Bppz 式律联

仄|仄|平|仄|仄（A 式：仄仄平平仄）

仄|平|平|仄平（B 式：平平仄仄平）

散竞桃|李|色

自|呈|刀|尺功——雍裕之《剪彩花》

7. Apz、Bppz 式律联

平|仄平平仄（A 式：仄仄平平仄）

仄|平|平|仄平（B 式：平平仄仄平）

茅|屋深湾里

钓|船|横|竹门——杜荀鹤《钓叟》

8. App、Bppz 式律联

仄仄⃝仄⃞平仄（A 式：仄仄平平仄）

⃞仄平⃞平仄平（B 式：平平仄仄平）

尚有⃝竹间路

⃝永无⃞暮下尘——刘禹锡《和游房公旧竹亭闻琴绝句》

上句是诗词格律分析家们所说的拗句。他们认为第三字本该用平声字，却用了仄声字，那么，下句对应的第三字也拗作平声。

常见的非标准律句相互搭配情况也可用下表来表示：

常见非标准律句相互联对表

Apz Bpz 式律联	Apz. ⃞平⃞仄平平仄 Bpz. 平平⃞平⃞仄平 例：⃝迟日江山丽 　　春风⃞花草香 ——杜甫《绝句二首》（之一）	Apzp Bpz 式律联	Apzp. ⃞平⃞仄⃝仄平仄 Bpz. 平平⃞平⃞仄平 例：江⃝动⃝月移石 　　溪虚云傍花 ——杜甫《绝句六首》（之六）
App Bpz 式律联	App. 仄仄⃝仄⃞平仄 Bpz. 平平⃞平⃞仄平 例：舍下⃝笋穿壁 　　庭中⃝藤刺檐 ——杜甫《绝句六首》（之五）	Apzp Bppz 式律联	Apzp. ⃞平⃞仄⃝仄平仄 Bppz. ⃝仄平⃞平⃞仄平 例：⃝初谓⃝鹊山近 　　⃝宁知湖水遥 ——李白《陪从祖济南太守泛鹊山湖三首》（之一）
Eppz Fpz 式律联	Eppz. ⃝仄平仄⃞平仄 Fpz. ⃞平仄平平平 例：⃝紫藤挂云木 　　花蔓宜阳春 ——李白《紫藤树》	Apz Bppz 式律联	Apz. ⃞平仄平平仄 Bppz. ⃝仄平⃞平⃞仄平 例：⃞茅屋深湾里 　　⃝钓鱼横竹门 ——杜荀鹤《钓叟》

续表

App1 Bppz 式律联	App1. 仄仄平⑰仄 ⑰平□仄平 例：敢竞桃⑭色 ⑩呈⑰尺功 ——雍裕之《剪彩花》	App Bppz 式律联	App. 仄仄⑰平仄 ⑰平□仄平 例：尚有⑰间路 ⑩无⑭下尘 ——刘禹锡《和游房公旧竹亭闻琴绝句》

三、律绝、律诗

在了解了律句、律联之后，律诗（包括律绝）的平仄旋律就好理解了。律绝是由两个律联组成的，律诗是由四个律联组成的。两个律联或四个律联在组成律绝或律诗时，前后联的平仄旋律要有变化，不得雷同，称为"黏对"。如果雷同，则被称为"失黏"。如：

回　　文
陆龟蒙

静烟临碧树，

残雪背晴楼。

冷天侵极戍，

寒月对行舟。

这首诗的上联和下联的联对平仄完全一样，没有变化。上下联出句都是"仄平平仄仄"，对句都是"平仄仄平平"。这就是所谓的"失黏"。解决了"失黏"问题，就解决了前后联平仄旋律的雷同问题。

王力在《汉语诗律学》第一章第六节中说："（近体诗，即律诗）上一联的对句如系仄头，下一联的出句必须也是仄头。这叫做'黏'。"后来，他又在《诗词格律》中修正说："黏，就是平黏平，仄黏仄;后联出句第二字的平仄要跟前联对句第二字相一致。具体说来,要使第三句跟第二句相黏,第五句跟第四句相黏,第七句跟第六句相黏。"

到底是看上联对句和下联出句的打头字呢,还是看它们的第二字呢?王力在修正前者时,并没有说明前者解释所存在的问题,让人无所适从。更没有说明为什么要看打头字或者第二字。如果用笔者的平仄旋律说法来看黏对问题,可能更容易理解。

笔者认为,是否黏对,主要是看上联对句和下联出句的打头的平律或仄律是否一致,而不是看这两个句子的打头字或是第二个字。

举例来说,如五言律绝:

田 园 言 怀
李 白

贾谊三年谪,
班超**万里**侯。
何如牵**白**犊,
饮水对清流。

首联对句(即第二句)打头的"班超"是"平平"旋律,那么,就要求尾联出句(即第三句)也必须是"平平"旋律打头。做到了这一点,下联出句的平仄律就不会与上联的出句雷同。而上述诗尾联出句打头的"何如"正好也是"平平"旋律打头,这就获得了黏对效果,避免了平仄旋律雷同的问题。又如:

留别四首(之一)
唐彦谦

鹏程三万里,
别酒一千钟。

　　　　好景当三月,
　　　　春光上国浓。

上联对句(第二句)打头的"别酒"是"仄仄"旋律,而下联出句(第三句)打头的"好景"也是"仄仄"旋律打头。这也获得了黏对效果。

　　不过,有的打头的平律或仄律,不是处在句子的第一、二字位置,而是出现在第二、三字位置。如:

登 鹳 雀 楼

　　　王之涣

　　白日依山尽,
　　黄河入海流。
　　欲穷千里目,
　　更上一层楼。

尾联出句(第三句)的平仄是G式(仄　平平　仄仄)。其打头的平律"穷千"却处在单个的仄声"欲"字的后面。我们看律诗或律绝是不是黏对,是看平律或仄律是否处在上联对句和下联出句的前面,而不是看单个平声字或仄声字是否处在上联对句和下联出句的前面。白居易的《尝新酒忆晦叔二首》(之一)、朱庆馀的《杭州送萧宝校书》、杜牧的《盆池》、韦承庆《南行别弟》、李贺《马诗二十三首》(之十七)等都属于这一类。

　　打头为仄律的,如:

秋　　词

　　　徐　锴

　　井梧纷堕砌,
　　寒雁远横空。

雨久莓苔**紫**,

霜浓薜荔**红**。

上联对句"寒雁远横空",其仄律"雁远"在前,其下联出句"雨久莓苔紫"也是仄律"雨久"在前。王昌龄的《题僧房》、雍裕之的《赠苦行僧》等也是如此。

仄律在前的,有时有相应的非标准律句。如 A 式的仄律"仄仄",时常被打破成为 Apz 式的仄律"平仄",而诗人们仍将其视为仄律,如:

岳州守岁二首(之一)
张　说

夜风吹醉舞,

庭户对酣歌。

愁逐前年少,

欢迎今岁多。

下联出句"愁逐前年少",是 A 式仄律"仄仄"被打破后形成"平仄",其中的"平仄"仍被视为仄律,可与上联对句打头的仄律"户对"形成黏对。正因为把"平仄"仍视为仄律,所以卢照邻的《游昌化山精舍》是失黏的五言律绝:

宝地乘峰出,

香台接汉高。

稍觉真途近,

方知人事劳。

附录三
律诗韵目字表

〔**说明**〕1. 本表是截取"平水韵"中的平声韵字,并吸收王力《诗韵举要》(《诗词格律》附录一)中的平声字制作而成。依据《汉语大词典》纠正了一些误收的字。2. 在保留原来两表的说明文字外,根据需要,笔者也适当增加了一些说明文字。如"冯"字,同时出现在"东韵"和"蒸韵",为了区分,在"东韵"的"冯"字后加说明文字"〔姓〕"。又如"豐"与"丰"本为两个字。"豐"在"东韵","丰"在"冬韵",为了区分,在"东韵"的"丰"字后加〔豐〕"。3. 同一韵目的字,依据汉语拼音顺序重新编排,以便检索。

上平声

〔一东〕冲充忡盅虫崇匆怱葱騘聪丛东丰〔豐〕鄤风枫疯冯〔姓〕工弓公功攻宫躬烘红荭虹洪鸿空〔空虚〕崆咙龍泷珑栊昽胧眬窿笼隆窿蒙幪濛朦篷蓬篷穷穹戎狨绒融菘嵩〔崧〕通同峒〔崆峒〕桐铜童僮瞳筒翁嗡雄熊中〔中间〕忠终衷棕椶

〔二冬〕冲〔衝〕春重〔重复〕从〔服从〕淙冬咚丰封葑峰烽锋蜂逢缝〔缝纫〕蚣供〔供给〕恭龙茏农侬浓脓邛筇蛩跫茸容蓉溶榕松淞彤凶匈汹胸佣〔傭〕痈邕庸雍〔和也〕慵喁钟锺宗踪纵〔纵横〕

〔三江〕邦桹窗幢缸杠江豇扛泷庞腔蛩〔冬韵同〕双桩舡降〔降

伏]撞[绛韵同]

〔四支〕陂卑悲碑鸥虫絺笞嗤痴媸螭魑池驰迟持坻匙墀踟篪吹[吹嘘]炊垂陲锤椎差[参差]疵词茨祠瓷辞慈磁雌鹚儿而龟规麾饥机[木名]肌姬基畸箕羁亏岿窥逵馗葵夔蠃狸离骊鹂漓缡璃嫠罹篱丽[遭遇,落入]郦[地名]蠡[瓠瓢,齐韵同]氂眉郿嵋湄楣霉狝弥糜縻麇劙蘼尼怩陂伾披皮枇毗疲陴脾裨琵罴貔期欺祁芪岐其奇歧耆萁崎淇骐骑[跨马]琪琦棋祺綦旗鳍麒蕲筛尸师诗狮施蓍时埘莳鲥衰谁司丝私思[动词]偲狮斯嘶撕飔澌虽睢绥隋随推[灰韵同]危逶为[施为]唯帷惟维萎痿牺熙僖嘻嬉熹羲曦禧崖[佳韵同]涯[佳、麻韵同]伊医猗欹漪噫仪夷饴怡宜贻姨移[竹移]痍遗[遗失]迤[逶迤]颐疑嶷[九嶷山]彝椅[音漪,木名]之支氏[月氏]卮芝枝知肢栀胝祇脂鸡[鸠鹋]治追锥孜咨姿兹赀资淄缁辎粢滋髭訾[思虑]

〔五微〕飞妃非菲[芳菲]绯扉霏肥诽归挥晖辉徽讥饥[饥馑,支韵同]玑机[機]矶畿几[幾,微也]圻祈颀旂葳葳微薇巍韦违围帏闱希晞欷稀衣[衣服]依沂

〔六鱼〕车[麻韵同]初樗除滁锄蜍蹰储徂苴狙居疽琚裾沮据[拮据]鸥醵庐驴闾榈祛蛆渠蕖蘧如茹[茅茹]书纾梳舒疏蔬摅胥虚墟嘘歔徐於淤欤予[我也]妤余馀鱼渔舆玙畬龉誉[动词]诸猪潴

〔七虞〕逋晡厨雏踟粗殂刍都夫肤趺麸敷凫鄜扶芙蚨乎俘郛桴苻符姑孤沽鸪菰蛄觚辜酤呱乎呼淳弧狐胡壶湖猢葫瑚糊蝴醐觳瓠拘驹俱刳枯骷卢芦垆泸炉舻鸬舻颅鲈谟摹模奴帑孥弩铺[展开,摊平]匍葡蒲蒲区岖驱躯趋劬瞿氍瞿衢鸲儒濡襦繻殳枢姝殊输苏酥图徒涂荼途酴屠菟乌污[污秽]洿呜巫诬无毋吴芜吾梧鼯须需纡迂于孟竽臾禺娱谀萸隅嵎俞渝愉腴逾愚榆揄瑜窬虞吁雩朱侏诛茱株珠铢蛛租

〔八齐〕篦低氐隄堤圭闺珪鸡赍嵇跻稽赍奎睽梨犁黎藜鲡蠡

[支韵同]迷泥[泥土]倪猊蜺霓鲵批砒釐妻[夫妻]栖凄萋悽蹊齐脐
蛴畦嘶梯提啼鹈题醍蹄兮西撕[提醒，拉扯]奚犀溪醯携荑

〔九佳〕挨钗差[差使]侪柴豺乖骸怀淮槐[灰韵同]佳街阶皆
揩楷埋霾俳排牌蛙娲蜗偕谐鞋崖涯[支、麻韵同]睚崽斋

〔十灰〕哀埃唉皑杯猜才材财裁崔催摧呆堆追该垓瑰孩徊槐
[佳韵同]灰诙恢虺[虺隤]隤回苘开盔魁傀来莱徕雷偫[贿韵同]罍
玫枚莓梅媒煤徘胚醅陪培裴坯腮台[星名]胎抬苔骀臺推[支韵同]
隤[颓]颓偎隈煨桅鬼灾哉栽

〔十一真〕邠宾滨缤彬濒豳槟瞋臣尘辰陈宸晨春椿纯莼尊唇
漘淳鹑醇皴巾津均钧邻粼辚磷鳞麟骙仑伦抡沦纶轮民岷珉泯
[轸韵同]缗闽贫频蘋嚬颦嫔亲秦囷逡人仁纫申伸呻呻绅身诜駪莘
娠神辛新薪旬巡询郇荀峋恂循驯湮因茵姻氤垠银寅贇匀筠珍真甄
榛臻屯肫遵

〔十二文〕分[分离]芬纷氛汾贲濆坟焚莘斤筋军君芹勤裙群
文纹蚊雯汶闻阌昕欣勋熏薰曛醺殷氲云芸沄纭耘

〔十三元〕奔村存敦墩蹲恩番蕃幡藩翻璠燔烦樊繁根跟痕昏
阍婚棔浑馄魂犍坤昆鲲髡论[论语]门扪喷盆圈孙狲飧吞噉暾屯
囤[囤积]饨炖[风火炽盛貌]豚臀蜿温瘟掀轩谖萱喧暄壎[堉]言鸳
冤鹓元园沅垣爰袁鼋援媛[婵媛]猿源辕尊樽

〔十四寒〕安鞍瘢餐残丹单郸殚瘅[湿热症]箪端玕肝竿杆干
干[乾湿]观[观看]官倌棺冠[衣冠]鼾邗邯韩寒汗[可汗]翰[羽翮]
欢獾桓刊看[翰韵同]宽兰拦栏阑谰澜峦鸾銮馒瞒鳗谩漫[大水貌]
难[艰难]潘磻蟠般盘磐蹒姗珊跚狻酸摊滩坛檀弹叹[翰韵同]湍团
抟剜丸纨完攒钻[动词]

〔十五删〕班般[寒韵同]颁斑屄潺关纶[纶巾]鳏还环圜[环
绕]寰鬟擐[谏韵同]奸间[中间]艰菅斓蛮鬘攀悭山删潸汕[谏韵

同]疝[谏韵同]弯湾顽闲娴鹇颜殷[赤黑色]溵

下平声

〔一先〕边编鳊鞭单[单于]婵禅[参禅]缠蝉廛躔川穿传[传授]船椽滇颠巅癫坚肩笺煎鞯溅[溅溅]娟捐涓鹃镌蠲卷[曲也]连怜涟莲联琏挛眠绵棉年便[安也]扁[扁舟]偏篇翩骈胼千阡芊迁汧牵铅愆鞭搴褰骞前虔钱乾[乾坤]悛全诠拴荃铨痊筌权泉拳鬈然燃膻[臊气]扇[煽动]天田佃[耕作,开垦]畋钿[霰韵同]填阗仙先先氙跹鲜[新鲜]弦贤涎舷宣儇悬旋璇咽烟胭湮焉嫣蔫延筵沿妍研[研究]蜒燕[地名]鸢渊员圆缘毡旃邅鹯鳣专砖颛

〔二萧〕标飚镳超朝潮刁凋貂雕浇娇骄椒焦蕉礁鹪噍[声音急促]徼[抄袭]辽聊僚寥撩嘹獠寮缭鹩瞭猫苗描剽漂[漂浮]飘嫖瓢跷乔侨桥谯憔樵燋翘[鸟尾的长羽]饶娆[妖娆]桡烧[焚烧]韶佻挑[挑担]祧铫[矛]跳条苕岧迢调[调和]髫蜩髦枭枵哓骁逍鸮消宵绡萧硝销箫潇霄魈嚣僚[僚然]幺夭[夭夭]妖腰邀尧侥[僬侥]峣姚轺窑谣摇摿遥瑶飖鹞[鹞雉]要[要求]钊招昭

〔三肴〕凹坳包苞胞抄钞巢嘲交郊茭胶蛟鲛教[使也]茅蛮[斑蛮]铙抛刨咆庖匏跑炮[炮制]泡敲鞘艄梢艄鸡姣[淫乱]崤淆哮爻肴咬[咬咬]啁[啁哳]抓

〔四豪〕敖遨嗷獒熬螯翱鳌廘褒操[操持]曹嘈漕槽刀叨舠皋高羔膏篙糕蒿毫嗥豪壕濠号[号呼]尻捞劳[劳苦]痨唠涝[水名]牢醪毛牦旄氂芼挠[巧韵同]猱袍搔骚缫臊艘涛绦掏滔韬饕逃洮桃咷[大哭]陶萄啕淘絛遭糟

〔五歌〕波搓嵯蹉瘥[病,疫病]多阿痾讹俄峨娥鹅蛾戈哥歌锅过[经过]诃呵禾何和[和平]河荷[荷花]迦苛珂柯轲[孟轲]科疴窠蝌髁罗萝逻锣笼骡么[麽]摩磨[琢磨]魔哪挪哦坡颇[偏颇]婆鄱

蟠瘸捋唆莎娑梭蓑拖驮佗[他]陀沱驼酡跎鼍倭涡窝靴

〔六麻〕巴芭疤笆叉杈茶查槎差[差错]车[鱼韵同]爹瓜花划华哗骅加茄迦珈枷痂家笳袈葭跏嘉嗟夸胯麻蟆拿葩杷爬耙琶沙纱砂裟鲨奢赊佘畲蛇洼虾遐瑕霞些[少也]邪斜丫鸦桠牙芽枒涯[支、佳韵同]衙哑呀耶椰渣楂楂咤遮挝

〔七阳〕昂仓苍沧鸧藏[收藏]伥长[长短]昌猖阊肠尝常偿场倡[倡优]床创[创伤]疮当[应当]珰裆方坊芳防妨房鲂冈刚纲钢光胱行杭航肓荒皇凤凰徨遑惶煌蝗篁黄潢璜簧姜将[扶持]蒋[植物名]浆螀僵缰疆康亢吭匡筐狂眶郎琅廊浪[沧浪]狼良凉梁粮粱量[衡量]踉[踉跳]阆邙芒忙茫囊娘滂旁傍[侧也]膀[膀胱]螃磅彷羌枪锵强[刚强]墙蔷嫱樯抢瀼[雾浓貌]禳穰瓤攘桑丧[丧葬]伤殇商觞裳爽霜孀骦汤唐堂棠塘搪螳尪汪王[帝王]亡望[观望,漾韵同]乡相[相互]香湘缃箱襄骧镶详庠祥翔央泱殃鸯秧羊佯徉洋阳扬杨炀疡赃臧张章彰漳嫱璋樟妆庄装

〔八庚〕浜绷兵并[并州]伧柽蛏赪撑瞠成诚城盛[盛受]呈程酲橙瞪庚赓鹒耕羹更[更改]觥亨横[纵横]衡蘅轰闳宏泓黉杭茎京荆菁旌惊鲸晶睛精粳坑铿令[使令]盲氓萌盟甍名明鸣狞怦砰烹彭澎棚平评坪苹枰轻倾卿清情晴檠擎勍黥荣嵘生声牲笙甥行[行走]兄英莺婴撄嘤罂缨瓔樱鹦迎茔莹[径韵同]营萦盈楹嬴赢瀛贞侦正[正月]征钲争峥狰铮筝鲭[鱼脍]

〔九青〕丁仃叮町疔钉泾经陉垌伶灵苓图泠玲瓴铃鸰聆龄舲羚翎零龄棂冥铭溟暝瞑螟宁咛侫娉屏瓶萍青蜻鲭鲭荣厅听[聆听,径韵同]汀廷亭庭停蜓婷霆馨星猩惺腥邢形型硎荥醒[醉醒]荧萤

〔十蒸〕崩冰层曾嶒称[称赞]丞承乘[驾乘,动词]惩塍澄灯登簦肱恒姮薨矜兢棱楞凌陵菱崚绫罾能凝[径韵同]朋鹏冯凭[径韵

同]仍僧升昇绳胜[胜任]腾誊縢滕藤兴[兴起]膺鹰蝇应[应当]增憎罾矰缯征[征求]烝蒸症[癥]

〔十一尤〕彪抽瘳仇俦惆畴筹踌惆绸稠裯酬愁雠兜浮蜉勾沟钩篝侯喉猴篌骰鸠阄啾樛抠刘浏留流琉旒骝榴瘤娄偻[佝偻病]楼蝼髅搂矛缪[绸缪]牟侔眸谋鍪牛讴沤[水泡,名词]瓯欧[讴歌]鸥抔掊丘邱蚯秋湫楸鹙囚求虬泅酋球遒裘柔揉蹂收搜飕偷头投骰休咻庥貅修脩羞优忧攸呦幽悠尤犹疣由邮油游猷蝣舟州诌周啁赒洲辀邹驺陬

〔十二侵〕参[参差]岑涔郴琛忱沉今金襟[衿]禁[力所胜任]褛林淋琳霖临黔钦侵衾骎欽芩琴禽擒檎壬任[负荷]森深参[人参]掺心歆寻浔阴音喑愔吟淫蟫簪[覃韵同]针斟箴砧椹

〔十三覃〕庵谙参[参考]骖蚕惭担[肩挑]眈耽聃甘泔柑蚶酣憨邯含函[包函]涵颔龛堪戡岚婪蓝襤篮男南楠三[数目]贪坛昙谈覃痰谭潭探蟫[侵韵同]簪[侵韵同]

〔十四盐〕砭奁嶦襜蟾尖奸兼蒹缣鹣渐[流入]佥帘廉镰拈黏金谦签钤钳箝潜黔髯添恬甜纤銛嫌崦阉淹腌严炎盐阎檐占[占卜]沾霑詹瞻

〔十五咸〕挽谗馋巉镵帆凡函[书函]监[监察]缄喃嵌芟杉衫掺[细也]咸衔岩

诗人小志及篇目索引

说明：① 以诗人姓名的汉语拼音字母为序；② 同一诗人的诗，以其在书中出现先后为序；③〔诗人小志〕附在同一作者篇目的最后；④ 诗的篇名后的数字表示所在页码。

白居易　《池西亭》/27
　　　　《问刘十九》/54
　　　　《闺怨词三首》（之一）/59
　　　　《山中戏问韦侍御》/69
　　　　《勤政楼西老柳》/86
　　　　《酬裴相公见寄二绝》（之二）/101
　　　　《闺怨词三首》（之三）/115
　　　　《雨中题衰柳》/156
　　　　《吟元郎中白须诗兼饮雪水茶因题壁上》/163
　　　　《尝新酒忆晦叔二首》（之一）/172
　　　　《遗爱寺》/176
　　　　《闺怨词三首》（之二）/189

〔诗人小志〕**白居易**（772—846），字乐天，晚年号香山居士，又号醉吟先生，祖籍太原，到其曾祖父时迁居下邽（今陕西渭南北），唐代著名现实主义诗人。其诗歌题材广泛，形式多样，语言平易通俗，有"诗魔"和"诗王"之称。

岑　参　《题三会寺苍颉造字台》/25

〔诗人小志〕**岑参**(约715—770),唐代边塞诗人,江陵(**今湖北荆州**)人。早岁孤贫,从兄就读,遍览史籍。唐玄宗天宝三年(744)进士。后两次从军边塞,其边塞诗尤多佳作。曾有《岑参集》十卷,已佚。今有《岑嘉州集》行世。

崔道融　《寄人二首》(之一)/9

〔诗人小志〕**崔道融**,自号东瓯散人,唐代诗人。荆州江陵(今湖北江陵)人。曾任永嘉(**今浙江温州**)县令,后入朝为右补阙,不久因避战乱入闽。于永嘉山斋集诗500首,辑为《申唐诗》3卷。另有《东浮集》9卷。

戴叔伦　《赠张挥使》/137
　　　　　《泊湘口》/151

〔诗人小志〕**戴叔伦**(732—789),字幼公(一作次公),润州金坛(今属江苏)人,唐代诗人。其诗多表现隐逸生活和闲适情调。今存诗两卷,多混入宋元明人作品,需要仔细辨伪。

东方虬　《昭君怨三首》(之一)/91

〔诗人小志〕**东方虬**(qiú),唐代人,武则天时为左史。《全唐诗》存诗四首。东方,复姓。

窦　巩　《游仙词》/12

〔诗人小志〕**窦巩**(约762—约821),字友封,京兆金城(今陕西兴平)人。约自唐肃宗宝应元年至穆宗长庆元年间在世。自幼博览群书,无所不通。性宏放,好谈古今。所著诗,见《窦氏联珠集》。

杜　甫　《答郑十七郎一绝》/20
　　　　　《复愁十二首》(之十)/26
　　　　　《复愁十二首》(之二)/31
　　　　　《复愁十二首》(之四)/32
　　　　　《复愁十二首》(之十二)/43
　　　　　《八阵图》/51
　　　　　《绝句六首》(之一)/55
　　　　　《复愁十二首》(之一)/56

《绝句三首》(之二)/57

《绝句六首》(之三)/104

《绝句六首》(之六)/158

《绝句二首》(之一)/168

《复愁十二首》(之九)/180

《即事》/199

《绝句六首》(之五)/217

〔诗人小志〕**杜甫**(712—770),字子美,祖籍襄阳,自其曾祖时迁居河南巩县。自号少陵野老,唐代伟大的现实主义诗人,与李白合称"李杜"。杜甫在中国古典诗歌中的影响非常深远,被后人称为"诗圣",他的诗被称为"诗史"。后世称其杜拾遗、杜工部,也称他杜少陵、杜草堂。

杜 牧　《龙丘途中二首》(之一)/72

《盆池》/128

〔诗人小志〕**杜牧**(803—853),字牧之,号樊川居士,京兆万年(今陕西西安)人。唐代诗人、散文家。因晚年居长安南樊川别墅,故后世称"杜樊川",著有《樊川文集》,代表作有《阿房宫赋》等。诗歌以七言绝句著称,与李商隐并称"小李杜"。

杜荀鹤　《钓叟》/109

《感寓》/210

〔诗人小志〕**杜荀鹤**(846—904),字彦之,号九华山人。池州石埭(今安徽石台)人。晚唐诗人。出身寒微,中年始中进士,仍未授官,乃返乡闲居。曾以诗颂朱温,后朱温废唐建梁,任以翰林学士,知制诰。有《唐风集》。

范 夜　《失题》/49

〔诗人小志〕**范夜**,唐代诗人。生平未详。

高 蟾　《渔家》/13

《即事》/45

〔诗人小志〕**高蟾**,唐代诗人。渤海(今河北沧州一带)人。出身寒素,累举不第。唐僖宗乾符三年(876)登进士第,昭宗乾宁中官至御史中丞。与郑谷友善。

高　骈　《送春》/60

〔诗人小志〕**高骈**(pián,821—887),字千里。幽州(今北京西南)人。先世为山东名门"渤海高氏"。晚唐诗人、名将。

高　适　《封丘作》/3
　　　　　《闲居》/41

〔诗人小志〕**高适**(约700—765),字达夫、仲武,唐朝渤海郡(今河北景县)人,后迁居宋州宋城(今河南商丘睢阳)。唐代著名边塞诗人,曾任刑部侍郎、散骑常侍,世称"高常侍",有《高常侍集》等传世。

顾　况　《梅湾》/77
　　　　　《梦后吟》/207

〔诗人小志〕**顾况**(约730—约806),字逋翁,号华阳真逸,苏州海盐(今属浙江)人。唐代诗人、画家。晚年隐居茅山,自号悲翁,有《华阳集》行世。

韩　愈　《嘲少年》/159
　　　　　《竹溪》/171

〔诗人小志〕**韩愈**(768—824),字退之,河阳(今河南孟州)人。祖籍河北昌黎,世称"韩昌黎"。唐代文学家、哲学家,唐宋八大家之首。有《昌黎先生集》。

皇甫冉　《送裴陟归常州》/35
　　　　　《同诸公有怀绝句》/106
　　　　　《秋怨》/162

〔诗人小志〕**皇甫冉**(约717—约770),字茂政,祖籍甘肃泾州,出生于润州丹阳(今江苏镇江)。**皇甫**,复姓。本为皇父,人名。周幽王时的卿士、宠臣。后代至秦徙茂陵,改父为甫,遂为复姓。

贾　岛　《题诗后》/205

〔诗人小志〕**贾岛**(779—843),字浪(一作阆 láng)仙,范阳(今河北涿州)人。唐代诗人。汉语典故"推敲"来自其诗句"鸟宿池边树,僧敲月下门"。有《长江集》。

荆　叔　《题慈恩塔》/214

〔诗人小志〕**荆叔**，生平不详。《全唐诗》仅存此诗。

郎士元　《山中即事》/208

〔诗人小志〕**郎士元**，字君胄，中山(今河北定县)人。唐代诗人，与钱起齐名，世称"钱郎"。以五律见长。《全唐诗》存诗一卷。

李　白　《答友人赠乌纱帽》/19

　　　　《紫藤树》/81

　　　　《流夜郎题葵叶》/107

　　　　《独坐敬亭山》/120

　　　　《秋浦歌十七首》(之十四)/123

　　　　《陪从祖济南太守泛鹊山湖三首》(之一)/135

　　　　《浣纱石上女》/166

　　　　《秋浦歌十七首》(之十一)/167

　　　　《夜下征虏亭》/184

　　　　《田园言怀》/197

〔诗人小志〕**李白**(701—762)，字太白，号青莲居士，又号"谪仙人"，自称祖籍陇西成纪(今甘肃静宁西南)，幼时随父迁居今四川江油青莲乡。唐代伟大的浪漫主义诗人，被后人誉为"诗仙"，与杜甫并称为"李杜"。其人爽朗大方，爱饮酒作诗，喜交友。

李　端　《幽居作》/95

〔诗人小志〕**李端**，字正己，赵州(今河北赵县)人，唐代诗人。曾任秘书省校书郎、杭州司马。晚年辞官隐居湖南衡山，自号衡岳幽人。今存《李端诗集》三卷。

李　贺　《马诗二十三首》(之一)/127

〔诗人小志〕**李贺**(790—816)，字长吉，福昌(今河南宜阳)人。中唐诗人，27岁英年早逝。诗歌善于驰骋想象，运用神话传说，创造新奇瑰丽的诗境。有《昌谷集》。

李　峤　《风》/157

〔诗人小志〕**李峤**(644—713)，字巨山，赵州赞皇(今河北省赞皇县)人。唐代诗人。与杜审言、崔融、苏味道并称"文章四友"。《全唐诗》存诗五卷。

李　荣　《咏兴善寺佛殿灾》/187
〔诗人小志〕**李荣**，唐高宗时道士。

李　绅　《和晋公三首》(之二)/96
〔诗人小志〕**李绅**(772—846)，字公垂，唐代宰相、诗人。无锡(今属江苏)人。与元稹、白居易交游颇密，共同倡导创作新乐府。

李　乂　《元日恩赐柏叶应制》/165
〔诗人小志〕**李乂**(yì，647—714)，字尚真(《旧唐书》作本名尚真，此从《新唐书》)，赵州房子(今河北邢台临城)人。少孤。年十二，工属文。

李　益　《金吾子》/53
　　　　《乞宽禅师瘿山罍》/100
〔诗人小志〕**李益**(748—约829)，唐代诗人，字君虞，陇西姑臧(今甘肃武威)人，后迁河南郑州。大历进士，初任郑县尉，后官至礼部尚书。以边塞诗作名世，擅长七绝。有《李君虞诗集》。

李　中　《途中柳》/140
〔诗人小志〕**李中**，字有中，江西九江人，五代南唐诗人。《全唐诗》存诗四卷。

李德裕　《题罗浮石》/15
〔诗人小志〕**李德裕**(787—850)，字文饶，赵郡(今河北赵县)人，唐代政治家、文学家，"牛李党争"中李党领袖。唐武宗继位后，李德裕拜相，执政五年，外攘回纥，功绩显赫，封卫国公。

李福业　《岭外守岁》/65
〔诗人小志〕**李福业**，唐高宗调露二年(680)进士，登第后为侍御史。因参与反武则天统治的"五王诛二张"政变，被放逐于番禺。仅存此诗。

李商隐　《微雨》/97
　　　　《忆梅》/164
〔诗人小志〕**李商隐**(约813—约858)，字义山，号玉谿生，又号樊南生，怀州河内(今河南沁阳)人。与杜牧合称"小李杜"，又与温庭筠合称为"温李"。有《李义山诗集》。

李世民　《赋得临池柳》/40

〔诗人小志〕**李世民**(599—649),即唐太宗,唐朝第二位皇帝,唐高祖李渊和窦皇后的次子,祖籍陇西成纪。杰出的政治家、军事家、诗人。

梁　琼　《远意》/212

〔诗人小志〕**梁琼**,唐代女诗人。生平无考。《全唐诗》存诗四首。

灵　一　《送朱放》/130

〔诗人小志〕**灵一**,唐末僧人。吴姓,人称一公,广陵人。《全唐诗》存诗一卷。

刘　皂　《边城柳》/177

〔诗人小志〕**刘皂**,咸阳(今陕西咸阳)人,唐代诗人。《全唐诗》存诗五首。

刘方平　《长信宫》/146

〔诗人小志〕**刘方平**,唐玄宗天宝年间诗人,洛阳(今河南洛阳)人,生平事迹不详。

刘　商　《古意》/191

〔诗人小志〕**刘商**,字子夏,彭城(今江苏徐州)人。唐代诗人、画家。《全唐诗》收录其诗两卷。

刘禹锡　《和游房公旧竹亭闻琴绝句》/87

〔诗人小志〕**刘禹锡**(772—842),字梦得,祖籍洛阳,唐朝中晚期著名诗人、哲学家,自称是汉中山靖王后裔,曾任监察御史,是王叔文政治改革集团的一员。有"诗豪"之称。

刘长卿　《平蕃曲三首》(之二)/52

　　　　《逢雪宿芙蓉山》/80

　　　　《送张十八归桐庐》/103

〔诗人小志〕**刘长卿**(?—约789),字文房,河间(今属河北)人,唐代诗人。官至随州刺史。长于五言,自称"五言长城"。有《刘随州诗集》。

卢　纶　《赠李果毅》/37

〔诗人小志〕**卢纶**(748—约799),字允言,河中蒲州(今山西永济)人。唐代诗人,"大历十才子"之一。天宝末年举进士,后由宰相王缙荐为集贤学士,秘书省校书郎,官至检校户部郎中。有《卢户部诗集》。

卢 殷 《遇边使》/182

〔诗人小志〕**卢殷**(746—810),唐朝诗人,范阳人。为登封尉。《全唐诗》存诗十三首。

卢 僎 《题殿前桂叶》/113

〔诗人小志〕**卢僎**(zhuàn),字守成,范阳涿县(今河北涿州)人,吏部尚书卢从愿之从父,唐玄宗时期大臣,诗人。《全唐诗》今存十四首。

卢照邻 《曲池荷》/24

《游昌化山精舍》/144

〔诗人小志〕**卢照邻**(约630—680后),初唐诗人。字升之,自号幽忧子,幽州范阳(今河北涿州)人。他与王勃、杨炯、骆宾王齐名,号为"初唐四杰"。有《幽忧子集》存世。

陆龟蒙 《对酒》/88

《离骚》/108

《偶作》/160

《回文》/203

〔诗人小志〕**陆龟蒙**(?—约881),字鲁望,号天随子、江湖散人、甫里先生,姑苏(今江苏苏州)人。唐代文学家,与皮日休齐名,世称"皮陆"。有《甫里集》《笠泽丛书》等。

陆禹臣 《赠吴生》/111

〔诗人小志〕**陆禹臣**,字服休,河东(今山西永济西)人。避乱入南岳隐居,遇道士授以仙术,后隐宜州北山。善言方外之理。相传尸解而卒。

路德延 《芭蕉》/46

〔诗人小志〕**路德延**,唐代冠氏(今山东冠县冠城镇)人。光化初擢第,天祐中授拾遗。河中节度使朱友谦辟掌书记。存诗三首。

骆宾王 《在军登城楼》/112

《挑灯杖》/148

《玩初月》/193

〔诗人小志〕**骆宾王**(约638—?),字观光,婺州义乌(今属浙江)人,唐代诗人,与王勃、杨炯、卢照邻合称"初唐四杰"。曾任临海丞,后随徐敬业起兵反对武则天,兵败后下落不明。

吕洞宾 《赐齐州李希遇诗》/76

〔诗人小志〕**吕洞宾**(798—?),名嵒(一作岩),字洞宾,唐末道士,道号纯阳子,自称回道人。道教全真道尊为北五祖之一,通称吕祖。又传为道教八仙之一。

吕太一 《咏院中丛竹》/110

〔诗人小志〕**吕太一**,唐代人。《全唐诗》仅存其诗一首。

马 戴 《秋思二首》(之一)/44

〔诗人小志〕**马戴**(799—869),字虞臣,华州(今陕西华县)人,晚唐诗人。与贾岛酬唱甚密。《全唐诗》存诗两卷。

孟浩然 《张郎中梅园中》/155
《送朱大入秦》/213

〔诗人小志〕**孟浩然**(689—740),名浩,字浩然,以字行。襄州襄阳(今湖北襄阳)人,世称"孟襄阳"。因他未曾入仕,又称之为"孟山人",唐代山水田园派诗人。诗与王维齐名,并称"王孟"。有《孟浩然集》。

裴 迪 《华子冈》/33

〔诗人小志〕**裴迪**,唐代诗人,诗人王维的好友,曾同居终南山,相互唱和。关中(今陕西渭河流域一带)人。天宝后官蜀州刺史及尚书省郎。

裴 度 《喜遇刘二十八》/38

〔诗人小志〕**裴度**(765—839),字中立,河东闻喜(今山西闻喜东北)人。唐代中期政治家、文学家。因曾封晋国公,世称"裴晋公"。在文学上,裴度主张"不诡其词而词自丽,不异其理而理自新",反对在古文写作上追求奇诡。

齐 己 《放鹭鸶》/153

〔诗人小志〕**齐己**(约860—约937),唐末五代诗僧。本姓胡,名得生,潭州益阳(今属湖南)人。家贫,6岁为寺庙放牛,一边放牛一边学习、作诗。有《白莲集》传世。

钱 起 《题崔逸人山亭》/36

〔诗人小志〕**钱起**(约720—约782),字仲文,吴兴(今浙江湖州)人。唐代诗人,"大历十才子"之一。天宝进士,官至考功郎中,故世称"钱考功"。诗以五言为主。有《钱考功集》。

钱　珝　《江行无题一百首》(之四十三)/161

〔诗人小志〕**钱珝**(xǔ),字瑞文,吴兴(今浙江湖州吴兴)人。唐代诗人,有《舟中录》二十卷,已佚。

任　翻　《怨》/204

〔诗人小志〕**任翻**,唐末诗人。也作任蕃、任藩,江南人。《全唐诗》存诗十八首。

沈如筠　《闺怨二首》(之一)/175

〔诗人小志〕**沈如筠**,唐代诗人。润州句容(今属江苏)人。约生活于武后至玄宗开元时。《全唐诗》存诗四首。

司空图　《秦关》/5

　　　　《即事九首》(之七)/14

　　　　《闲步》/21

　　　　《偶书五首》(之二)/22

　　　　《即事九首》(之四)/23

　　　　《偶书五首》(之一)/50

　　　　《春山》/61

　　　　《即事九首》(之九)/74

　　　　《渡江》/75

　　　　《漫题三首》(之二)/89

　　　　《退居漫题七首》(之五)/102

　　　　《退居漫题七首》(之四)/105

　　　　《偶书五首》(之五)/116

　　　　《乱后》/117

　　　　《偶题》/129

　　　　《杂题九首》(之六)/139

　　　　《乱后三首》(之三)/141

　　　　《村西杏花二首》(之二)/143

　　　　《漫题三首》(之三)/147

　　　　《早朝》/152

　　　　《有感》/185

　　　　《退居漫题七首》(之一)/186

　　　　《乱前上卢相》/192

　　　　《即事九首》(之二)/211

　　　　《偶书五首》(之三)/218

〔诗人小志〕**司空图**(837—908),字表圣,自号知非子,又号耐辱居士。河中虞乡(今山西运城永济)人。晚唐诗人、诗论家。有《二十四诗品》传世。

宋之问　《在荆州重赴岭南》/94

〔诗人小志〕**宋之问**(约656—约713),一名少连,字延清,汾州隰城人(今山西汾阳)人,初唐诗人,与沈佺期并称"沈宋"。律诗谨严精密,对律诗体制的定型颇有影响。有《宋之问集》。

唐末僧　《题户诗》/90

〔诗人小志〕**唐末僧**,生平未详。《全唐诗》仅存此诗。

唐彦谦　《留别四首》(之一)/16

　　　　《留别四首》(之四)/98

　　　　《留别四首》(之二)/219

〔诗人小志〕**唐彦谦**(?—约893),唐代诗人。字茂业,号鹿门先生,并州晋阳(今山西太原)人。历任晋、绛、阆、壁等州刺史。晚年隐居鹿门山,专事著述。今存《鹿门诗集》。

王　勃　《冬郊行望》/10

　　　　《赠李十四四首》(之三)/79

　　　　《别人四首》(之二)/154

　　　　《早春野望》/183

〔诗人小志〕**王勃**(约650—676),唐代诗人。字子安,绛州龙门(今山西河津)人。与杨炯、卢照邻、骆宾王并称为"初唐四杰"。自幼聪敏好学,据说他六岁即能写文章,被赞为"神童"。九岁时,读颜师古注《汉书》,作《指瑕》十卷以纠正其错。在诗歌体裁上擅长五律和五绝。代表作品有《滕王阁序》等。

王　绩　《建德破后入长安咏秋蓬示辛学士》/30

　　　　《山夜调琴》/93

　　　　《戏题卜铺壁》/131

　　　　《咏巫山》/174

〔诗人小志〕**王绩**(约589—644),唐代诗人,字无功,号东皋子,绛州龙门(今山西河津)人。性简傲,嗜酒。其诗近而不浅,质而不俗,真率疏放,有旷怀高致,直追魏晋高风。

王　维　《鸟鸣涧》/11

　　　　《别辋川别业》/150

　　　　《红牡丹》/206

〔诗人小志〕**王维**(约701—761),字摩诘,号摩诘居士,河东蒲州(今山西运城)人,祖籍山西祁县。唐朝著名诗人、画家。苏轼评价王维:"味摩诘之诗,诗中有画;观摩诘之画,画中有诗。"存诗400余首,有《王右丞集》。

王　涯　《春闺思》/78

　　　　《陇上行》/202

〔诗人小志〕**王涯**(?—835),字广津,山西太原人。唐代大臣,诗人。历仕德宗、顺宗、宪宗、穆宗、敬宗、文宗六朝,曾任宰相等职。"甘露之变"时为宦官仇士良所杀。

王昌龄　《题僧房》/169

〔诗人小志〕**王昌龄**(?—约756),字少伯,京兆长安(今陕西西安)人。盛唐边塞诗人,后人誉为"七绝圣手"。与李白、高适、王维、王之涣、岑参等人交往深厚。曾任江宁丞,有"诗家夫子王江宁"之誉。后人辑有《王昌龄集》。

王之涣　《登鹳雀楼》/195

〔诗人小志〕**王之涣**(688—742),字季凌,晋阳(今山西太原)人。盛唐著名诗人。常与高适、王昌龄等相唱和,以擅长边塞诗著称。

韦承庆　《南行别弟》/179

〔诗人小志〕**韦承庆**(？—707)，字延休，河内阳武(今河南原阳)人。长安中，拜凤阁侍郎，同平章事。《全唐诗》有诗四首。

韦处厚 《宿云亭》/18

《隐月岫》/201

〔诗人小志〕**韦处厚**(773—828)，字德载，原名韦淳，为避唐宪宗李纯名字的谐音，改为"处厚"。京兆万年(今陕西西安)人。唐文宗朝宰相。自幼酷爱读书，博涉经史，一生手不释卷，勤奋著述。

温庭筠 《题贺知章故居叠韵作》/47

《地肺山春日》/122

〔诗人小志〕**温庭筠**(？—866)，本名岐，艺名庭筠，字飞卿，太原人，晚唐诗人、词人。每入试，押官韵，八叉手而成八韵，有"温八叉"之称。但多次考进士均落榜，一生恨不得志，行为放浪。精通音律、工诗，与李商隐齐名，时称"温李"。被尊为"花间词派"之鼻祖。有《花间集》遗存。

翁承赞 《题壶山》/6

〔诗人小志〕**翁承赞**(859—932)，字文尧(一作文饶)，晚年号狎鸥翁，福唐(今福建省福清)人。翁氏为礼乐名家、东南茂族，其先京兆人也。

吴 融 《远山》/17

〔诗人小志〕**吴融**(？—903)，字子华，越州山阴(今浙江绍兴)人。唐代诗人。有《唐英歌诗》三卷。

徐 锴 《秋词》/7

〔诗人小志〕**徐锴**(920—974)，字鼐臣，又字楚金，南唐文字训诂学家。广陵(今江苏扬州)人。徐铉之弟，世称"小徐"。平生著述甚多，今仅存《说文解字系传》四十卷，《说文解字韵谱》十卷。

徐 凝 《春寒》/28

《酬相公再游云门寺》/70

〔诗人小志〕**徐凝**，唐代诗人，浙江睦州(今浙江建德)人。与白居易、元稹同时而稍晚。有诗名。现存诗102首，七绝高手。

许 鼎 《登岭望》/119

〔诗人小志〕**许鼎**,唐末诗人。《全唐诗》存诗两首。

严　维　《送人之金华》/194

〔诗人小志〕**严维**,字正文,越州(今浙江绍兴)人。与刘长卿友善。《全唐诗》存诗一卷。

杨　衡　《边思》/39

〔诗人小志〕**杨衡**,字仲师,吴兴(今属浙江)人。天宝间,避地至江西,与符载、李群、李渤(《全唐诗》作符载、崔群、宋济。此从《唐才子传》)等同隐庐山,结草堂于五老峰下,号"山中四友"。官至大理评事。著有诗集一卷,事迹见《唐才子传》。

杨　凌　《送客之蜀》/173

〔诗人小志〕**杨凌**,字恭履,中唐诗人,少有诗名。《全唐诗》存诗一卷。

杨　凝　《花枕》/58

〔诗人小志〕**杨凝**(? —802),字懋功,虢州弘农(今河南灵宝南)人,唐代诗人。有文集二十卷,今存一卷。

姚　合　《古碑》/73

〔诗人小志〕**姚合**(约775—约846),字大凝,陕州(今河南陕县)人,唐代诗人。元和进士,授武功主簿,世称"姚武功",其诗也称"武功体"。

佚　名　《绝句》/170

佚　名　《袁少年诗》/178

殷尧藩　《张飞庙》/29
　　　　　《关中伤乱后》/200
　　　　　《忆家二首》(之二)/216

〔诗人小志〕**殷尧藩**(780—855),唐代诗人。秀州(今浙江嘉兴)人。唐元和九年(814)进士,后官至侍御史,有政绩。性好山水,曾说:"一日不见山水,便觉胸次尘土堆积,急须以酒浇之。"

雍裕之　《剪彩花》/4
　　　　　《秋蛩》/64
　　　　　《早蝉》/133

　　　　　《赠苦行僧》/190

　　　　　《四气》/209

〔诗人小志〕**雍裕之**,唐朝蜀地人。约唐宪宗元和中前后在世。有诗名。工乐府,极有情致。数举进士不第,飘零四方。《全唐诗》有诗一卷,皆绝句。

于季子　《咏汉高祖》/82

　　　　　《咏项羽》/84

〔诗人小志〕**于季子**,约唐武后垂拱初前后在世。工诗。咸亨中登进士第。武后称制,官司封员外郎。《全唐诗》存诗七首。

张　祜　《将离岳州留献徐员外》/42

　　　　　《题孟处士宅》/125

　　　　　《何满子》/132

〔诗人小志〕**张祜**(hù,约785—约852),字承吉,贝州清河(今属河北)人。早年曾寓居姑苏,后至长安,为元稹排挤,漫游各地,遂至淮南寓居,爱润州曲阿地,隐居以终。在诗歌创作上取得了卓越成就。"故国三千里,深宫二十年",张祜以是得名,《全唐诗》收录其诗歌349首。

张　继　《人日代客子》/62

〔诗人小志〕**张继**(约715—约779),字懿孙,襄州(今湖北襄樊)人。唐代诗人。诗作风格清远,以《枫桥夜泊》最有名。有《张祠部诗集》。

张　说　《九日进茱萸山诗五首》(之三)/1

　　　　　《江中遇客》/121

　　　　　《岳州守岁二首》(之一)/149

　　　　　《广州江中作》/215

〔诗人小志〕**张说**(yuè)(667—730),字道济,一字说之,河南洛阳人,唐朝政治家、文学家。前后三次为相,执掌文坛三十年,为开元前期一代文宗,与许国公苏颋齐名,号称"燕许大手笔"。

张九龄　《答太常靳博士见赠一绝》/68

〔诗人小志〕**张九龄**(678—740),字子寿,一名博物。韶州曲江(今广东韶关)人。唐朝开元年间名相,诗人。西汉留侯张良之后。七岁知属文,著有

《曲江集》。

张文恭 《佳人照镜》/181

〔诗人小志〕**张文恭**,唐朝诗人。曾与房玄龄编修《晋书》。《全唐诗》存诗两首。

张文收 《大酺乐》/134

〔诗人小志〕**张文收**,唐初贞观前后的音乐家。通音律,能作曲。历官协律郎、太子率更令。

章玄同 《流所赠张锡》/67

〔诗人小志〕**章玄同**,武后时人。张锡为相,因请求迎复庐陵王李显(即唐中宗)而被流放循州,章玄同也是当时同遭贬谪者。

郑　愔 《咏黄莺儿》/142

〔诗人小志〕**郑愔**(yīn),字文靖,沧州(今河北沧县)人。唐代诗人。《全唐诗》存诗一卷。

朱庆馀 《杭州送萧宝校书》/126

〔诗人小志〕**朱庆馀**,名可久,字庆馀,以字行,越州(今浙江绍兴)人,唐代诗人,喜老庄之道。宝历二年(826)进士,官至秘书省校书郎。《全唐诗》存诗两卷。

祖　咏 《终南望馀雪》/114

〔诗人小志〕**祖咏**,唐代诗人,洛阳(今河南洛阳)人。少有文名,擅长诗歌创作,其诗多写田园隐逸生活。与王维友善。《全唐诗》录存其诗一卷。

后 记

我一辈子从事语文教学工作,是名副其实的教书匠。上个世纪60年代,中等师范学校毕业前到小学实习三个月,教过小学语文课。大学毕业后又在中学从事语文教学长达15年,初中、高中语文课都教过。此后到大学专职从事学报的编辑工作,还特意请求学校让我兼职教授汉语课。退休后,为了解小学语文课教学现状,一度到小学义务给小学生上书法课。

在长期的语文教学实践中,我深感汉字是语文启蒙教育的拦路虎。"位卑未敢忘忧国",1979年我曾对部编语文教材中《形声字》这一篇知识短文提出意见,受到当时全国中小学教材编写工作会议中语组的重视和采纳。随后曾形成书稿《汉字偏旁今说》,试图用汉字偏旁来引领汉字教学,受到语言学界傅懋勣、周有光、王伯熙等前辈的肯定和鼓励,让我走上了研究汉字的道路。但是,语文启蒙教育走什么路的问题,一直让我很迷茫。

越是迷茫越要探索。我国语文启蒙教育走什么路的问题成为我探索的主要问题,退休后也一直没有放弃这一努力。

中共十八大以后,习近平总书记提出"四个自信",让我眼睛一亮。我发现我们的祖先已为我们开辟了一条适合中国语文启蒙教育的道路,只是近代以来,在民族不自信、民族文化不自信的影响

后记

下,我们抛开了这条道路。于是,为重启韵文识读和对课训练,我开始了"吟诗答对"丛书的编写工作。

如今这套丛书即将面市,我首先要感谢上海大学材料工程学院的陈业新教授、上海大学期刊社的方守狮编审为本书出版所作的热情推荐工作。也要感谢上海大学出版社傅玉芳总编辑和本书责任编辑陈强先生在本书编辑出版过程中所付出的努力。我更要感谢共产党带领我们创造了好时代,感谢习近平总书记给我们树立民族自信心和民族文化的自信心。没有民族自信心和民族文化的自信心,便无法认清和重归中国特色的语文启蒙教育之路。